フランスの詩と歌の愉しみ

近代詩と音楽

大森晋輔

目　次

はじめに ……………………………………………………………………… 4

第1章 ロマン派の詩／ロマンスからメロディへ …………………… 11
　1. リズミカルなヴィラネル ………………………………………… 12
　2. 夕暮れ ……………………………………………………………… 16
　3.（私の詩は逃れ去るでしょう……） ……………………………… 20
　4. 夢のあとに ………………………………………………………… 23

第2章 近代詩（1）（ボードレール）
　　　　／フランス歌曲の黄金時代（1） ………………………… 26
　1. 旅への誘い ………………………………………………………… 27
　2. 秋の歌 ……………………………………………………………… 32
　3. 夕暮れの諧調 ……………………………………………………… 34

第3章 近代詩（2）（ヴェルレーヌ）
　　　　／フランス歌曲の黄金時代（2） ………………………… 40
　1. 月の光 ……………………………………………………………… 43
　2.（白い月が……） …………………………………………………… 46
　3.（私の心に涙降る……） …………………………………………… 48

第4章 20世紀の詩／メロディの継承と新たな展開 ……………… 53
　1. オルクニーズの歌 ………………………………………………… 54
　2. モンパルナス ……………………………………………………… 57
　3. パブロ・ピカソ …………………………………………………… 59
　4.「C」………………………………………………………………… 61
　5. 愛への小径 ………………………………………………………… 64

おわりに ……………………………………………………………………… 65

参考文献 ……………………………………………………………………… 68

演奏者・企画協力者プロフィール ………………………………………… 69

ＣＤ収録曲リスト …………………………………………………………… 72

歌詞対訳 ……………………………………………………………………… 73

はじめに

　本書は、19世紀前半から20世紀半ばにかけて作られたフランス語による詩を、朗読や歌曲を通じて愉しむための入門書です。フランス語の知識はあるに越したことはありませんが、なくても愉しめるようにはしてあります。翻訳や辞書を頼りに詩の内容や意味を追っていくのもとても大事なことですが、詩を読むときには、まずは言葉そのものを音として聴くことも重要です。なぜなら、言葉とはまず音（音声）であり、太古より詩とは旋律をつけて歌われるもの、つまり音楽の一種でもありました。そして、すぐれた詩の多くは、この「言葉がまず音であること」に気づかせてくれるのです。
　ここで私たちは、詩そのものにもともと備わっている音楽的な響きを味わいながら、その詩へ示されたオマージュとしての音楽を愉しんでいきたいと思います。詩が作曲家によって読まれ、消化され、そして曲として成立したとき、そこにはいったいどのような変化が見られるのでしょうか。あるいはそこにどのような緊張関係が生まれてくるのでしょうか。本書の目的はこれらを追うことにあります。

　この本にはいろいろな使い方があるでしょう。どこから読み始めても構いませんし、まずはCDで朗読や音楽を聴き、お気に入りが見つかったら本文に関する説明を読む、という方法でもいいと思います。いずれにしても、まずは巻末の対訳テキストをじっくり味読し、その上でCDの朗読を聴いてみると効果的です。耳になじんでくるまで何度も聴いてください。フランス語をご存じでなくても、CDの真似をして何度も声に出して読んでみましょう。詩のリズムが身体に徐々に染み込んでくると思います（最も効果的なのは、詩の暗唱をすることです）。詩を音声で味わったら、今度は音楽で味わってみてください。お手元に楽譜があればなおよいでしょう。もちろん、歌えそうな人はぜひ歌ってみてください。

　とはいえ、フランス語の詩を味わうにあたって、最初に基本的な作法を学んでおくことにしましょう。フランスでは詩法のことをversification（ヴェルシフィカシオン）と呼びます。つまりは詩vers(ヴェール)を作る技術・方法、敢えて忠実に訳せば「作詩法」のことです。いまでも書店にはこの言葉をタイトルにした

概説書が数多く並んでおり、そこからも詩を書くにはいろいろな約束事がある（というよりも、過去に「あった」）ということが分かるのですが、ここではこれから詩と歌を鑑賞する上で最低限の、ごく基本的なことがらを述べるにとどめます。

1. 韻文

一定の約束事にのっとって書かれた「詩」を、特に散文proseと区別して韻文versといいます。詩の一行一行もversといい、散文の行と区別して「詩句」や「詩行」と訳すことが多いようです（本書では煩雑さを避けるためにすべて「行」を用います）。詩句の集まりを詩節（あるいは連）といいます。1つの詩節が4行で構成されているもの（4行詩）、6行で構成されているもの（6行詩）など、いろいろなものがこれまでに作られてきました。

詩の音楽性は主に、1つの詩句の音節syllabeの数をいくつにするかという問題と、それぞれの詩句の終わりでどのように韻を踏むかという脚韻rimeの問題、それから詩全体の音の響きに関わる諧調harmonieの問題、この3つに大きく関わってきます。

2. 音節

音節（音綴ともいう）syllabeとは、必ず1つの母音を含み、一息に発音しなければならない言語音の最小単位のことです。たとえばbeauté（美）であれば［bo-te］と2音節になります。19世紀までのフランス詩では、1行の音節数は12, 10, 8などの偶数脚が主流です。最も有名なのはアレクサンドラン（alexandrin）と呼ばれる12音節で、1行の半分の6音節目でひと呼吸が置かれ（句切れcésure）、6＋6という形で2つに分割される（このときの各々の6音節の詩句を半句hémisticheと呼びます）のが一般的です。最も格調高いものとして古くから使われており、フランス古典劇のラシーヌの戯曲などの多くもこの音節数で書かれています[1]。

時代が下るにつれ、アレクサンドランは必ずしも主流ではなくなりました。たとえば、詩の音楽性を重視したポール・ヴェルレーヌは、「何よりもまず音楽を」と述べて奇数脚の使用を強く勧めています（第3章を参照）。とはいえ、

---

[1] ちなみに10音節詩句の場合は、多くが4番目の音節で句切れを持ちます（4＋6型）。

アレクサンドランの伝統が全く廃れたわけではなく、20世紀の詩人ポール・エリュアールでさえ、この形式で書いた詩を残していますし、現代の散文でも、いわゆる「名文」にはこのアレクサンドランの呼吸が含まれていることも多いと言われています（敢えて言えば、日本語の韻文の「七五調」に近いものかもしれません）。

韻文では原則としてすべての音節が読まれますが、行の末尾で女性韻（後述）を作る無音のeは読まれることも音節として計算されることもありません。たとえば、19世紀の詩人ジェラール・ド・ネルヴァルの「レ・シダリーズ」（Les Cydalises）の第1詩節「Où sont nos amoureuses ? / Elles sont au tombeau : / Elles sont plus heureuses, / Dans un séjour plus beau !」は以下のように数えます。(CD 01)

Où | sont | no|s a|mou|reuses ? 我らの恋人たちはどこにいる？	6音節	女性韻
El|les | son|t au | tom|beau : 彼女たちはみな墓にいる。	6音節	男性韻
El|les | sont | plu|s heu|reuses, 彼女達はもっと幸せに暮らしている、	6音節	女性韻
Dan|s un | sé|jour | plus | beau ! もっときれいな住まいで！	6音節	男性韻

2行目と4行目の末尾はいずれもbeau [bo] という音（男性韻）で、これで1つの音節に数えますが、1行目の末尾は最終音節-sesが「無音のe」で終わっているので音節数には数えず（reu | sesとはならない）、その前の音節reu-と合わせて1つと数えます[2]。3行目末尾のheureusesも同様です。

ちなみにフランス語には、孤立した単語だけでは発音されない語末の子音が次の単語の語頭の母音と結びついて発音される**リエゾン**liaisonという現象があります。上の例で言うと、nos amoureusesという2つの連続する単語は、それぞれ単独では「ノ」「アムルーズ」と発音しますが、後者が母音aで始まるために、通常読まれないnosの最後の子音［s］が［a］と結びついて「ノザムルーズ」[nozamurøːz] と読まれるのです。このリエゾンには、1）必ずしなく

---

[2] ただし、日常会話で単語の末尾を読まないeは、歌曲の場合では無音化せず［ə］（軽い「ウ」のような音）と発音され、1音節と認識されて1つの音符が割り当てられることが多くあります。

てはならない場合、2）任意の場合、3）してはならない場合の三種類があります。2）の場合のリエゾンは、一般的には日常語＜朗読≦歌曲の順になされる傾向にあります（ちなみにポピュラー曲やいわゆるシャンソンでは日常語の傾向に近くなります）。本書での説明では、原則としてCDの朗読で読まれているリエゾンに合わせて‿の記号を付けています。

　また、たとえばelle aのように、単独ではそれぞれ「エル」「ア」と読まれますが、連続した場合に「エラ」と発音する**アンシェヌマン**enchaînementという現象もあります。これはリエゾンとは違い、通常読まれない子音が読まれるのではなく、もともと読まれていたelleの語末の子音［l］が直後の語頭の母音［a］と結びつき、一体化して発音される現象です。本書での説明では‿という記号で示します。

　このリエゾンやアンシェヌマンは、音節の区切り方に大きく関わってきます。いずれも、一体化した子音と母音が1音節を構成するので、語の区切りと音節の区切りは必ずしも一致しません。上の例で言えば、リエゾンが起こる場合ではno|s‿a|mou|reusesという区切りになり、アンシェヌマンの場合はel|le‿aのような区切りになります。

　この**音節**と、連続する音節の流れを切り分ける**強さアクセント**（accent d'intensité ou tonique）の2つが作り出すのが、詩の**律動**rythme——リズム^{リトゥム}——です。詩の言葉が音として記憶にとどまるのは、このリズムによるところが大きいと言えます。強さアクセントは単語でも、最小限の意味のまとまりを持つ語群でも、最終音節（それが無音のeであれば、その前の音節）の上に置かれ、音を強めたり引き延ばしたりします。通常、韻文の中で強さアクセントが置かれるのはまず**脚韻**（後述）ですが、ある程度音節数の多い行においては、しばしば行の途中であっても語群の最終音節ごとに強さアクセントが置かれ、そこに句切れが生じます。

3. 脚　韻

　脚韻rimeとは、詩句の終わりの音を他の詩句と揃え、それによって一定のリズムを作ることです。先ほどの音節のところでも述べた通り、詩句の最後の単語が無音のeで終わる場合、そのeは読まれることも音節として数えられることもありませんが、その直前の音節が同じ音で強調されたものを**女性韻**といい、それ以外のすべてを**男性韻**と呼びます。上の「レ・シダリーズ」の例で言えば、amoureusesとheureusesが女性韻、tombeauとbeauが男性韻です。無音

のeで終わる単語が並んでいるだけでは女性韻を構成せず（例えばimageとheureなど）、その直前の音節が同じ音で強調されて（上の例では-euses）はじめて女性韻となるのです。ちなみに上の例では、女性韻の-eusesの1つ前の子音rも同じ音を構成しています。このような脚韻は、純粋に音の面で言えば［r/ø:/z］と3音が一致することになるので、これを**豊かな韻**（rime riche）と呼びます。同じく上の例での男性韻-eauの方は、その前に子音bが共通してありますが、この場合は［b/o］と2音が一致するので**十分な韻**（rime suffisante）、またbleu［blø］とDieu［djø］のように1音だけが一致する場合は**貧しい**（または弱い、不十分な）**韻**（rime pauvre, faible ou insuffisante）と呼ばれます。ただ、豊かな韻があまりに続くと、かえって詩の美しさが損なわれる場合もあると言われます。

男性韻と女性韻の2つの韻の並べ方には主に次の3種類があります。

平韻：男性韻（m）と女性韻（f）を2行ずつffmm ffmm、またはmmff mmffのように並べるもの。

交韻：男性韻と女性韻をmfmf、またはfmfmと交互に並べるもの。上で挙げた「レ・シダリーズ」はこのパターンです。

抱擁韻：男性韻または女性韻の一方がmffmまたはfmmfのように、他方の韻に囲まれるもの。

いずれも、伝統的な詩法では、男性韻と女性韻が交互に繰り返されるのがよいとされ、2種類の男性韻、または2種類の女性韻が連続するのは悪い例とされます。また、同じ単語で韻を踏むのも望ましくないとされます。

4. 諧調

詩にも音楽と同じように、**諧調**harmonie（ハーモニー）という考え方があります。詩の諧調を作る代表的な要素が、詩に音楽性を与える技法である**畳韻法**allitérationと**半諧音**assonanceです。

①畳韻法

同じ子音を繰り返して擬音的・音楽的効果を生む手法のことです。有名な例

を挙げましょう。(CD 02)

> Pour qui sont ces serpents ‖ qui sifflent sur vos têtes ?
> 　　　　　　　　　　　　　　　（ラシーヌ『アンドロマク』より）
> 「そなたらの頭にうなるその蛇は誰のためにあるのだ？」

　上の例は1行12音節のアレクサンドランで、6音節ずつの半句に分かれていることが分かります（朗読のときはserpentsのところで強さアクセントが置かれます）。ここで注目していただきたいのは、子音 [s] の繰り返しです。ここでは何度も生じる [s] の音が「しゅー」という蛇の声を模倣していると言われています。「(蛇が) うなる」を意味するsiffler [si-fle] という動詞自体が、擬音語から派生しているのです。もちろん、すべての畳韻法がこのような具体的なイメージを意識して使われているわけではありませんが、この技法は詩で表される感覚や心象風景を音に移す上で大きな役割を持っていると言えます。
　日本語の韻文にもこの畳韻法に似た作例が見られます。

> 久方の光のどけき春の日にしず心なく花の散るらむ
> 　　　　　　　　　　　　　　　（紀友則『小倉百人一首』より）

　ここでは子音 [h] が繰り返されることによって春の情景の柔らかさ、あたたかさ、そしてはかなさが伝わってきます。「の」の繰り返しもとてもリズミカルですね。

②半諧音

　半諧音は、同じ母音、あるいは互いに似通った発音の母音を繰り返すことで、畳韻法と併用されることも多くあります。有名なヴェルレーヌの「秋の歌」(Chanson d'automne) を例にとりましょう。(CD 03)

Les sanglots longs	[le-sã-glo-lɔ̃]	4音節	秋の
Des violons	[de-vj-ɔ-lɔ̃]	4音節	ヴァイオリンの
De l'automne	[də-lɔ-tɔn]	3音節	長いすすり泣きが
Blessent mon cœur	[blɛ-sə-mɔ̃-kœːr]	4音節	単調な物憂さで
D'une langueur	[dy-nə-lã-gœːr]	4音節	私の心を
Monotone.	[mɔ-nɔ-tɔn]	3音節	傷つける。

発音はCDの朗読をお聞きいただければと思いますが、参考までに発音記号も示しておきました。ここでは下線で示したようなくぐもった母音［o］［ɔ］や鼻母音［ã］［ɔ̃］[3]が繰り返されることによって、鬱々とした感情の響きをねらっています。しかも、ここでは子音［l］が何度も繰り返される畳韻法が併用され、ヴァイオリンの単調な響き、そしてそこから醸し出される憂鬱さを表現しています。ここではとりあえずの拙訳も挙げておきました。ヴェルレーヌの原文のエッセンスを日本語に移すことは至難ですが、1905年に訳詩集『海潮音』で日本での翻訳詩の歴史に先鞭をつけた上田敏の名訳によれば、「秋の日の／ヸオロンの／ためいきの／ひたぶるに／身にしみて／うら悲し。」となっており、ここでは「の」を繰り返すことによって、原文の半諧音を模倣していると言えます。憂鬱な、くぐもった響きが日本語においても感じられませんか。逐語訳ではありませんが、上田敏はヴェルレーヌの原文の「香り」を見事に移植しています。名訳と呼ばれるゆえんです。

　以上の脚韻、畳韻法、半諧音はフランス詩に限らず西洋諸語の詩法の多くにも見られるものです。詩句の音節数や詩節の数などに一定の規則がある詩を定型詩といい、決まりの特にない散文詩や自由詩と区別されます。19世紀半ばぐらいまでは詩と言えば定型詩でしたが、第2章でも扱うボードレールは、この時期に「リズムも脚韻も欠いていながら音楽的」である散文詩という新たなジャンルを開拓しようとしました。定型詩は次第にその硬直性、権威性が批判の対象となり、音節数も一定でなく、脚韻も踏まれていない散文詩、あるいは自由詩がこののち多く生まれることになります。ただ、19世紀から20世紀前半ぐらいまでの詩と歌を主な対象としている本書が扱うのは、主として定型詩になることをここでお断りしておきます。この時期、フランスの詩はロマン派から高踏派を経て象徴派、そしてシュルレアリスムなどへと至る大きな変遷がありました。フランスのいわゆる芸術歌曲であるメロディ mélodie の方も、この変遷にほぼ呼応して発達し、詩と音楽との見事な出逢いを見たのです。

　前置きが長くなりました。それではそろそろ豊穣な言葉と音の大海に乗り出すことにいたしましょう。

---

[3] ［o］は唇をかなり狭くすぼめて「オ」と言い、［ɔ］はそれより広く口を開けて「オ」と言います。鼻母音は、息の一部を鼻から抜き、鼻腔を共鳴させて出すフランス語特有の母音です。［ã］は口の奥の方で発音し、唇は縦に大きく開けた「ア」である［ɑ］を、［ɔ̃］は［ɔ］を、それぞれ鼻から抜いたものです。

第1章 ロマン派の詩／ロマンスからメロディへ

　一般に、ロマン主義とは、フランスだけでなくドイツ、イギリスなどの近代ヨーロッパの文学・芸術・思想を覆う大きな精神運動でした。では、フランスのロマン主義とは何でしょうか。それを考えるには、のちにロマン主義と対比させて呼ばれるようになった古典主義の時代をおさえておかなければなりません。舞台は17世紀前半にまで遡ります。ルイ13世の治世では、統一された美しいフランス語の確立を目指してアカデミー・フランセーズが設置されました。「太陽王」と呼ばれた次のルイ14世の絶対王政の時代には、コルネイユ、モリエール、ラシーヌなどによるフランス古典劇が全盛を迎えました。

　19世紀初めに興ったロマン主義とは、まずはこうした古典主義文学の伝統を元にした約束事からの解放運動です。それは、劇作上ではそれまで支配的だった「三一致の法則[4]」からの、詩作上ではアレクサンドランの自由な句切れや句跨り[5]などを駆使することによる、さまざまな規則からの解放を指します。ただし、広い意味では、ロマン主義は古典主義の理性的かつ普遍的な人間像に対し、感性や想像力を重視する個性的な人間像を呈示し、既存の人間観を問い直す思想的な運動でした。つまりは個性尊重が第一で、情熱と想像力に創作上の優位が与えられた時代です。

　ロマン派は、19世紀初めのシャトーブリアン、スタール夫人らをその形成期の世代として、ラマルティーヌ、ヴィニー、ユゴー、ミュッセらの世代（彼らは4大ロマン派詩人と呼ばれます）、その後のネルヴァル、ゴーティエらの世代と続きます。

　なかでも、ユゴーは19世紀のフランス文学全般を覆うロマン主義文学の代表的な存在でした。ユゴーがロマン主義の寵児として世に知れ渡った象徴的な出来事とも言えるのが、その戯曲『エルナニ』の初演をめぐる「エルナニ論争」(1830)です。この戯曲は、「三一致の法則」の逸脱、大胆な句跨り、あるいは舞台上で人が死ぬのを視覚的に見せるなど、それまで禁忌とされてきた詩法上のさまざまなタブーを犯していました。フランス座での初演時には古典派と新興のロマン派がつばぜり合いましたが、のちに後者が前者を圧倒するきっかけ

---

[4] 劇中では同一の場で、同一の日に、一つの筋だけが起こらなければならないという原則。
[5] 文の要素が詩句の一行で完結せず、次の行に跨ること。

ともなるのが、この事件でした。

　興味深いのは、フランス歌曲がこのロマン派の勃興と呼応するようにして生まれているということです。この章で取り上げるベルリオーズやグノーはフランス歌曲の祖と言ってよい人々ですが、特にグノーは上に挙げたラマルティーヌ、ユゴー、ミュッセ、ゴーティエといった同時代の詩人たちの作品に好んで曲を付けています。

1. リズミカルなヴィラネル　　対訳 p.73　CD 04, 05

　それではまず、テオフィル・ゴーティエ（Théophile Gautier, 1811-1872）の作品から見ていきましょう。ゴーティエは、この19世紀前半のロマン主義運動の渦中にあった重要な詩人です。画学生だった彼は、高校の同窓のネルヴァルの紹介でユゴーを紹介され、詩人に転じます。「エルナニ論争」では特注の緋色のチョッキを着て作者ユゴーを擁護し、作品を非難する古典派の野次に対抗して盛んに喝采を送ります。しかしロマン派の詩の多くが次第に感傷的、教育的になるに及び、彼は「芸術のための芸術」（l'art pour l'art）を提唱します。これは、芸術とは有用性や倫理性に束縛されるものではなく、その目的はただ「美」の追求のみにある、とする考えです。芸術家は美の創造を使命とする以上、作品の評価それ自体も美の基準で判断すべきだというこの考えは、19世紀後半に見られる高踏派、象徴主義の先駆と見なされるようにもなり、多くの文学者たちの支持を得ました。なかでも、10歳年下のボードレールが『悪の華』の巻頭でゴーティエに献辞を送っているのは有名な話です。詩集では、『七宝とカメオ』（Émaux et Camées, 1852）などがその代表作とされます。文学・美術批評の分野でも、当時その黎明期を迎えていた新聞や雑誌を主戦場として健筆をふるいました。クラシック音楽の分野では、アダンのバレエ《ジゼル》の原作者として名前をとどめていることも付け加えておきましょう。

テオフィル・ゴーティエ

少々、先を急ぎすぎたようです。ここで取り上げる「リズミカルなヴィラネル」は、比較的初期に属するゴーティエの詩集『死の喜劇』(*La Comédie de la mort*, 1838) の中の1篇です。ヴィラネルとは、厳密には16世紀に好んで用いられた詩形のことで、同じ詩行が配置を変えて繰り返される特徴を持ちますが、ここでは特にそのような意味ではなく、この言葉本来の「田園詩」程度の意味で取っておいた方がよさそうです。

さっそく、第1詩節を見てみましょう。

Quand | vien|dra ‖ la | sai|son | nou|velle, 新しい季節がやってきたら、	3 + 5	女性韻a
Quan|d‿au|ront ‖ dis|pa|ru | les | froids, 寒さがすっかりなくなったら、	3 + 5	男性韻b
Tous | les | deux, ‖ nou|s‿i|rons, ‖ ma | belle, 二人で一緒にさあ行こう、僕の美しい人、	3 + 3 + 2	女性韻a
Pour | cueil|lir | le | mu|guet | aux | bois ; 森のスズランを摘みに。	3 + 5	男性韻b
Sous | nos | pied|s‿é|gré|nant | les | perles 僕らの足元には真珠のような露が落ちて	3 + 5	女性韻c
Que | l'on | voit ‖ au | ma|tin | trem|bler, 朝に揺れているのが見える、	3 + 5	男性韻d
Nou|s‿i|ron|s‿é|cou|ter | les | merles 僕らは聞きに行くんだ、つぐみたちが	3 + 5	女性韻c
Sif|fler. ひゅうっと鳴くのを。	2	男性韻d

　この詩は1行8音節を基本とした3つの詩節から構成されています。8音節の部分は（3行目などの例外はありますが）ほぼ3音節目で句切れが生じ、3音節目と8音節目に強さアクセントが置かれるという「リズミカルな」詩形です（たとえば上の1行目では-draと脚韻の-velleの部分）。ただ、この詩は7行目が意味的にこの行だけで完結せず、たとえば第1詩節では「鳴くSiffler」という2音節の単語が8行目に送られています。句跨りと呼ばれるこのような手法は、古典主義的な詩作の原則に拘泥しないユゴーをはじめとするロマン派の詩人たちの中でよく使われました。一般的にはすべての詩行が同じ音節数で進んでいくことが多いのですが、この詩では尻切れトンボのような8行目の2音

節を他と遊離させることでその言葉の強調がなされ、それまで8音節ずつ順調に進んできたリズムを故意に乱す手法を取っています。ただ、8行目の脚韻は6行目の脚韻ときちんと揃っていますね（-blerと-fler）。意味上の強い結びつきもありますから、朗読のときは、ここは前の7行目から一息に読むのがよいでしょう。脚韻の形はababcdcdと続く交韻です。

　原詩のタイトルにある「リズミカルな」という形容詞は、意味深長です。各詩節の最終行、2音節の箇所はある意味で「字余り」的で、聴いていると「あれっ」とつまずいてしまいそうにはなるのですが、これはこれで、予定調和を慎重に避けた独自のリズムを作り出しているのです。

　うららかな春の日、恋人と浮き浮きと森に出かけようと心が弾む気分が伝わってくる詩です。目に見えるもの（朝露、鳥の羽、兎、鹿など）や、耳に聞こえるもの（つぐみの鳴き声、恋人の甘い声など）の描写が見事で、感覚が研ぎ澄まされるような自然の息吹が感じられるようです。

　ゴーティエがユゴーの『エルナニ』を血気盛んに擁護した1830年、フランスの音楽界でも異変が起きていました。エクトル・ベルリオーズ（Hector Berlioz, 1803-1869）の《幻想交響曲》の初演です。これもまた、従来の古典的な交響曲の枠を逸脱した型破りな作品で、大変な物議を醸しました。この曲の新しさの大きな理由の1つは、作曲者自身をモデルにした主人公が恋に破れて阿片を飲み、それによって不可思議な幻想を見るという劇的なシナリオを、言葉を伴わないはずの「交響曲」に盛り込んだことですが、個人的な愛、憂鬱、苦悩、幻想、夢といった題材はとりわけロマン派が好んだ題材でもあり、彼の音楽活動もまたこの運動と地続きであったことを思わせます。

　ベルリオーズは、この《幻想交響曲》が初演された同じ年に《9つのアイルランドのメロディ》（*Neuf Mélodies irlandaises*）という作品を出版しています。これが、フランスで初めて歌曲のタイトルに「メロディ」という言葉が採用された例だと言われています。もっとも、題材となっているのは「アイルランドのメロディ」なのですが、ベルリオーズはこれまでのフランスの歌曲とは何か違ったものをここに込めようとしたのかもしれません。ベルリオーズの時代

エクトル・ベルリオーズ

までの歌曲と言えば、単純な有節歌曲（1節、2節というような、ある決まった旋律のまとまりcoupletを繰り返すもの）であるロマンスが主流でした。もとは18世紀後半に流行したこれらの歌曲は素朴な愛を歌うもので、伴奏も簡素なものが主流でした[6]。ただ、ロマンスは19世紀の初め頃に商業ベースに乗るようになってから次第に質の低下が見られるようになりました。また、シューベルトなどのドイツ・リートのフランスでの流行が見られるのもこの頃以降のことです。ベルリオーズのような革新的な作曲家にとっては、それらと区別するためにもフランス独自の芸術歌曲としての「メロディ」という呼称が必要だったのでしょう。

とはいえ、そうした他の歌曲との区別がはっきりとしてくるのは、もう少し後のことです。1840年頃、ゴーティエの友人であり、ロマン主義文学への多大なる共感者だったベルリオーズは、出版されたばかりのゴーティエの詩集『死の喜劇』から6編を選び、歌曲集《夏の夜》を作曲します（1856年にはオーケストラ伴奏版が書かれます）。この作品は、フランス歌曲の歴史の中でも最も早い時期に書かれた傑作と言われ、今日でもしばしば演奏されています。

ここで取り上げる《夏の夜》の1曲目「ヴィラネル」は、ゴーティエの詩情を反映して、リズミカルでとても愛らしい曲調ですが、それだけで終わってはいません。この曲は3つの詩節を同じ旋律で繰り返すのかと思いきや、第2詩節や第3詩節ではピアノの伴奏に少しずつ変化が生じます。歌の方はほとんど同じ調子ではありますが、伴奏は転調を繰り返しながら進み、特に左手は異なる曲想で動きます。特に、第3詩節では兎や鹿が軽やかに疾駆する様子を模倣しているようでもあり、ちょっとお茶目な印象さえ与えます。のちのフランス歌曲において、ピアノは往々にして歌の忠実な「伴奏」ではなくなり、完全に独立した役割を持ちますが、このピアノはそうした傾向を先取りしているとも言えるでしょう。

ベルリオーズ自身はロマンスの形式に則った作品を多く書いていますし、この「ヴィラネル」もそれに近い作品ではあるのですが、《夏の夜》全体を見渡してみると、形式的にも和声的にもロマンスの枠組みに収まらない広がりを見せている曲があります。たとえば、最終曲の「未知の島」では旋律が次第に変形されていき、転調を重ねて行くのが分かります。

なお、ベルリオーズはこの《夏の夜》を作曲するにあたり、採用した詩に何

---

[6] ここではとりあえず、「ロマンス」はロマン派の「ロマン」とは全く別物であると捉えてください。

箇所か手を加えています。いずれも意味的には大きな変化を起こさないのですが、子音や母音が変わると聴いたときの音の響きや印象がいくぶん変わってきます。彼はおそらく、音楽にしたときにより歌いやすい音、より響きやすい音を選ぼうとしたのだと思います。この「ヴィラネル」にも3か所ほどの変更があります。第2詩節4行目のdes（不定冠詞）からces（指示形容詞）への変更と、そのすぐ下の行のle（定冠詞）からce（指示形容詞）への変更は、澄んだ[s]の音をより響かせるための措置でしょう。また、第3詩節5行目のtout joyeux [tu-ʒwa-jø]（愉しんで）からtout_heureux [tu-tœ-rø]（幸せそうに）への変更は、後者の方が口の形を大きく変更しなくて済むためにいくらか歌いやすくなるでしょうし、リエゾンによって子音[t]の繰り返しが増えるという、畳韻法的な効果も新たに生んでいます。朗読の方は原詩に沿ったものなので、皆さんもぜひ演奏との比較をなさってみてください。原詩タイトルの「リズミカルな」という言葉をベルリオーズが省略したのは、これがなくてもできあがった音楽が既に十分にリズミカルだったからでしょうか。

　詩と音楽はときに互いに引き合い、幸福な出会いを作り出しますが、同時に両者はまったく性質を異にする物でもあるため、このような微妙な差異が生ずることも多々あります。しかし、その差異にこそ注目し、それについてあれこれと考えてみるのもまた、「フランスの詩と歌」を鑑賞する愉しみなのです。

2. 夕暮れ

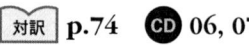

ベルリオーズはメロディという言葉で芸術歌曲を初めて表現した作曲家ですが、その歌曲集《夏の夜》が新たな芸術の萌芽を感じさせるとしても、彼の歌曲作品のほとんどはいまだにロマンスの要素を引きずっています。19世紀半ば以降、フランス近代の芸術歌曲がより広く世間に知れ渡るようになったのは、このジャンルだけでも200を超える作品を書いたシャルル・グノー（Charles Gounod, 1818-93）の功績と言えるでしょう。

シャルル・グノー

　グノーの声楽作品は、バッハからの編曲作品《アヴェ・マリア》や、ゲーテ作品を原作にしたオペラ《ファウスト》などが今でも大変有名でよく演奏されますが、歌曲分野におけるグノ

ーの最大の功績は、先にも申し上げた通り、何と言っても同時代のロマン派の詩人たち、特にラマルティーヌ、ユゴー、ミュッセ、ゴーティエなどの作品に付曲したことではないでしょうか。もちろん、その中にはロマンスの形式を感じさせるものもかなり多くあります。しかし、ロマン派の詩人たちが模索した新しい文学のあり方が、グノーの歌曲には克明に反映されているとも言えるのです。ロマンスは良く言えば単純明快で愛らしい作品が多いのですが、悪く言えば深みには欠けていました。彼の作品はそうした「古さ」とは一線を画す側面があり、従来の歌曲に飽き足らない人々をも満足させる内容でした。特に《夕暮れ》、《春の歌》、《セレナード》、《ヴェネツィア》などは、その優美さで日本でも古くから愛唱されています。

その《夕暮れ》（Le Soir）の原作者である、アルフォンス・ド・ラマルティーヌ（Alphonse de Lamartine, 1790-1869）は、1820年代から30年代にかけての世代のロマン派詩人の一人で、その作品には『瞑想詩集』（1820）、『続瞑想詩集』（1823）、『詩的・宗教的諸調詩集』（1830）などがあります。「近代抒情詩」（La poésie lyrique）と呼ばれるジャンルを確立し、のちの象徴派の詩人にも大きな影響を与えました。ちなみに、シャトーブリアンやユゴーと同様、ラマルティーヌも詩人、文筆家であると同時に政治家でした。1848年の大統領選挙では、ルイ・ナポレオンと争って敗北し、失意のうちに晩年を過ごすことになります。

「夕暮れ」は、初期の詩集『瞑想詩集』（*Méditations poétiques*）の中の1篇です。原詩は52行に渡りますが、グノーはこのうちの24行を歌にしています（巻末の対訳テキストにはその部分だけを掲載しました）。夕暮れの静けさの中でたたずむ「私」は、不意に現れた星の光が自分に何か大事なことを教えようとしているのではないかという気持ちに捕えられています。俗世間の些事に疲れ切った心に何か光明をもたらしてほしいという希望、そしてそれが潰えるかもしれないという予感も漂わせながら。ちなみに、「宵の明星」と訳したVénusは金星のことですが、これは愛と美の象徴の女神でもあります（実は、元の詩を最後まで読むと、この詩が失われた恋人への想いを明かしたものであることが分かるようになっています）。

前半12行は、眼前に広がる夕暮れと星の情景の描写です。他方で、後半12行は「燃え立つ星の優しい反映」（星から放たれる光線）に対して擬人的な「お前tu」で呼び掛ける問いかけだけで成り立っています。この問いかけは、答えてもらうことを前提としたものではありません。答えがないからこそ、それを

求める感情は否が応にも駆り立てられるのです。

　均整のとれた格調の高い詩ですが、個としての「私」、つまり自我の意識を強く感じさせるという点ではやはり典型的なロマン派の詩です。自然と対峙した交感を描いているという点では、のちのボードレール（たとえば第2章で扱う「夕暮れの諧調」など）を思わせます。ただ、ボードレールの自然との交感は、自我の意識さえ曖昧になってしまうほどの「万物照応」であり、自我はともすれば言葉の中で溶解してしまうような傾向を持っています。ラマルティーヌのこの詩では、自然と自我の区別ははっきりとしており、「私」の意識は確固たる自我の中にとどまっていると言えます。

　この時期までの詩のジャンルといえば叙事詩、劇詩、抒情詩という三区分が画然とありました。しかし、最後の抒情詩は個性を重視するロマン主義と親和性が高く、「私」という一人称で個人の内面を表現する近代抒情詩の発展を見ることになりました。ののち、詩といえばまずこの抒情詩を指すようになりましたが、ラマルティーヌはその先駆者と言えるでしょう。

　詩の構造はどうなっているでしょうか。第1詩節（第1行から第4行）を例にとって見てみましょう。

Le | soir | ra|mè|ne | le | si|lence. 夕暮れが静けさを連れて戻る。	8音節	女性韻a
As|sis | sur | ces | ro|chers | dé|serts, 人気のない岩場の上に坐った	8音節	男性韻b
Je | suis | dans | le | va|gue | de|s airs 私は大気の波の中で	8音節	男性韻b
Le | char | de | la | nuit | qui | s'a|vance. 忍びよる夜の馬車を追う。	8音節	女性韻a

　1行8音節が4行で1つの詩節をなす4行詩で、脚韻は抱擁韻です。また、畳韻法として第1詩節全体を通じての［s］、第1行の［l］、第2行の［r］、半階音として第2、第3行での母音［ɛ］[7]、第4行での［a］など、豊かに響く諧調の工夫が見られます。

---

[7] 第2行のcesと第3行のdesは、それぞれ日常の発音では［se］［de］、つまり口を横に引いた「狭いエ」で発音しますが、芝居、オペラ、歌曲などの舞台上では［sɛ］［dɛ］と口をやや開いた「広いエ」で発音されることが多くあります（les, mesなども同様）。

こうした工夫は全篇を通じて見られます。今度は第4詩節を例にとりましょう。問いかけが始まる部分です。

Doux | re|flet | d'un | glo|be | de | flamme, 燃え立つ星の優しい反映よ、	8音節	女性韻c
Char|mant | ray|on | que | me | veux|-tu ? 魅惑的な光線よ、お前は私に何を願う？	8音節	男性韻d
Viens|-tu | dans | mon | sein | a|ba|ttu 打ちひしがれた私の胸のうちにやって来て	8音節	男性韻d
Por|ter | la | lu|miè|re à | mon | âme ? 私の魂に光明をもたらしてくれるのか？	8音節	女性韻c

畳韻法としては、1行目の［d］や［l］、4行目の［m］、半階音としては、4行目の［a］［ɑ］などが見出されます。また、2行目から3行目にかけてはtu［ty］の音が脚韻を含めて3度響くほか、3行目に至っては3種類の鼻母音（viens［vjɛ̃］, dans［dɑ̃］, mon［mɔ̃］, sein［sɛ̃］）が4つ登場するなど、フランス語特有の美しい響きに満ちています。

この詩を元にした歌曲《夕暮れ》をグノーが作曲したのは、彼のキャリアのごく初期である1840年から42年頃で、先に見たベルリオーズの《夏の夜》の作曲時期とほぼ同じです。一度聴いたら忘れられない、旋律のあたたかさと美しさを備えた名曲だと思います。グノーは、6詩節24行を2つに分けた3詩節12行を1つの節coupletのまとまりとしています。このまとまりがほぼ同じ旋律でもう一度繰り返されるので、これも単純な有節歌曲と言えます。

取り上げられた主題だけではなく、音楽面でもグノーの作品はより詩の真価に迫ろうとしているのが見受けられます。たとえば、この曲の旋律は1つの詩節の途中であまり休符を置かず、詩節の最後までで1つにまとまっていますが、これは1詩節4行で完結する抱擁韻を効果的に美しく響かせるための工夫でしょう。脚韻を効果的に響かせるための工夫は他にもあります。この曲のように4分の4拍子の場合、伝統的な西洋音楽では拍子の強弱が「強・弱・やや強・弱」と規則的に交替し、1拍目に最も強い拍が来ます。この詩で、グノーはほとんどの脚韻の部分にこの1拍目を割り当て、また2分音符などで音価を他よりも長く取ることで、韻の響きを音楽の中で浮かび上がらせようとします（その部分の音が高くなるとさらに韻は強調されます）。こうした傾向は、グノ

一以降のフランス歌曲においても引き継がれています。

　以上は、フランス語の詩を自然に音楽に乗せるためのさまざまな工夫のごく一部にすぎません。グノーは他の曲でも原詩の音韻の構造にきわめて忠実な曲作りを行っています。モーリス・ラヴェル（Maurice Ravel, 1875-1937）は、フォーレの歌曲について述べた文章で、グノーを「フランス歌曲の真の創始者」と呼んでいます。それは、言葉を旋律に優先させるのではなく、詩の美質や音楽性をありのままに受け止めて、あくまで詩に寄り添った作曲を行っているグノーの姿勢によるところも大きいのではないでしょうか。本来全く異なる芸術である詩と音楽の溝を完全に埋めることはできないとしても、音楽を可能な限り詩に密着させようとするのは19世紀後半にその頂点を迎えたフランス歌曲の特徴的な方法の1つであり、グノーは間違いなくその先駆者だったのです。

3.（私の詩(うた)は逃れ去るでしょう……） p.75

　日本ではもっぱら、映画やミュージカルで有名な長編小説『レ・ミゼラブル』（*Les Misérables*, 1862）で知られるヴィクトル・ユゴー（Victor Hugo, 1802-1885）ですが、本国フランスでは、まず何よりも19世紀の国民的大詩人です。本章の冒頭で述べたように、彼はロマン派の旗手として登場しますが、いたずらに伝統を破壊したわけではありません。最初に詩人として認められた詩集『オードとバラード集』（*Odes et Ballades*, 1826）や『東方詩集』（*Les Orientales*, 1829）などでは、古典主義時代には顧みられなかった古い形式の詩を掘り起こしています。彼は伝統の枠組を巧みに用いながら詩の革新を図ったのです。

　ここでは、比較的平易なユゴーの作品を見ていきましょう。代表的な抒情詩集である『静観詩集』（*Les Contemplations*, 1856）からの1篇「私の詩(うた)は逃れ去るでしょう……」です。まずは朗読を聴きながらゆっくりと味わってみてください。ここでは第1詩節を挙げます。

ヴィクトル・ユゴー

Mes | vers | fui|raient, | dou|x et | frêles,	7音節	女性韻a
私の詩は逃れ去るでしょう、そっとはかなく、		
Vers | vo|tre | jar|din | si | beau,	7音節	男性韻b
あなたのあんなに美しい庭へと向かって、		
Si | mes | vers | a|vaient | de|s_ailes,	7音節	女性韻a
私の詩に翼があるのなら、		
De|s_ai|les | com|me | l'oi|seau.	7音節	男性韻b
鳥のような翼があるのなら。		

　この詩にタイトルは特に付いていません。繰り返しの効果も相まって、シンプルな中にも工夫の凝らされたきわめて美しい詩です。のちのヴェルレーヌが多用した、1行7音節の奇数脚ですね。脚韻はどうでしょうか。男性韻と女性韻が交互に繰り返される交韻となっており、これがすべての詩節を貫いています。

　各詩節の3行目はすべて「Si mes vers avaient des ailes」となり、4行目「Des ailes comme …」の「…」の部分が、それぞれ2行目の男性韻に対応した脚韻の語（鳥l'oiseau、精霊l'esprit、愛l'amour）が入ります。比喩の対象が具象的なものから徐々に抽象的なものに移行し、自分の詩versが恋人の元に届く崇高なものになってほしいという願いが高まっていくように感じられます。

　そのversですが、なかなか面白い工夫があります。上に挙げた第1詩節を見てください。1行目の「Mes vers fuiraient, doux et frêles」のversは、本書の「はじめに」でも述べたように詩そのもの（韻文）、あるいは詩の1行を表す言葉ですが、2行目のversはその意味ではなく、「〜へ向かって、〜の方へ」という意味の前置詞で、1行目のversの同音異義語です。ここは一種の掛け言葉になっていて、自分の書く「詩」が翼を備え、恋人の元「へ向かって」飛び去る、という意味上の関連付けがなされています。この辺りにもユゴーの言語感覚の卓抜さが光りますね。

　詩の音楽性に関わる諸調の工夫を見ると、この詩には子音［v］［z］などが幾度も繰り返される畳韻法が駆使されています。また、各詩節の第3行に共通して現れる「Si mes vers avaient des ailes」のvers, avaient, ailesに含まれる母音［ɛ］（広いエ）、mes, desに含まれる［e］（狭いエ、舞台語では多く広いエ[8]）は互いに似通った半諧音を持ち、いずれも耳に心地よく響きます。

---

[8] 前の注を参照のこと。

全体に、簡素で均整のとれた構成をもち、甘美さをたたえた詩です。フレーズの繰り返しが多いこともあり、これを朗読するだけですでに歌を歌っているかのような心地よさがあります。自分の書く詩が恋人の傍にそっと寄り添うものであってほしい、という詩人の切なる想いもひしひしと伝わってきます。この詩が含まれる『静観詩集』が刊行されたのはユゴー50代の円熟期で、かの『レ・ミゼラブル』の執筆時期にも重なるのですが、一方でこんな愛らしい作品も書いていたのですね。

　19世紀フランスの生んだ大詩人ユゴーの詩には、当然さまざまな作曲家が曲を付けています。有名な作曲家だけでも、ベルリオーズ、リスト、グノー、サン＝サーンス、ビゼー、フランク、ラロ、フォーレといった名前が挙がります。ここでは、レイナルド・アーン（Reynaldo Hahn, 1874-1947）の作品「私の詩に翼があるのなら」を味わってみましょう。彼は上に挙げた作曲家の中では一番あとの世代に属するのですが、どちらかといえばロマンス的な、簡素で美しい歌曲を書きました。文豪プルーストとの親交でも知られ、ユゴーのみならずゴーティエ、バンヴィル、ヴェルレーヌなど、文学史に名を残す多くの詩人に曲を付けています。なかでも、ピアノの優美なアルペジオに乗って歌われるこの歌曲は、アーンの最も名高い作品です。

　詩の構成が簡素なだけに、うっかりすると音楽も単調になりがちですが、アーンはいくつかの工夫を凝らしています。まず、第1詩節、第2詩節ではdes ailesの繰り返しを省き、逆に、第3詩節ではこの曲のタイトルにもなっている「Si mes vers avaient des ailes」を繰り返すことで惜しみなく余韻を残します。また、第2詩節以降は単なる旋律の繰り返しを避けています。シンプルな恋歌という意味ではもちろんロマンス風の有節歌曲の要素も残してはいますが、決してそれだけにはとどまってはいません。

レイナルド・アーン

　この曲が作られたのは、1887年のことです。この年は、実は後述するようにフォーレが42歳ではじめてヴェルレーヌの詩に付曲した歌曲《月の光》が世に出ており、当時25歳のドビュッシーも、初期の傑作歌曲集《ボードレールの5つの詩》に着手する時期です。いずれも作曲

者にとって重要な転機となる作品ですが（第2・第3章を参照）、かたやこのときのアーンは弱冠12歳。フランス歌曲の歴史にとって重要なステージに入りつつある時代に、この曲は可憐な花のように咲いた音楽として現れたのでした。

4. 夢のあとに　　　　　　　　　　対訳 p.76　　CD 10, 11

　この章の最後に、ガブリエル・フォーレ（Gabriel Fauré, 1845-1924）の初期の有名な歌曲「夢のあとに」（1878年頃作曲）を取り上げましょう。フォーレは、日本でも《レクイエム》の作曲者として知られていますが、デュパルク、ドビュッシーとともにフランス歌曲を完成に導いた重要な作曲家です。「夢のあとに」のもとになった詩は、トスカナ地方（イタリアのフィレンツェの辺り）の古いイタリア語の詩を、パリ音楽院でのフォーレの同僚の声楽科教授ロマン・ビュシーヌ（Romain Bussine, 1830-1899）が翻案して書き直したものです。ビュシーヌは、1871年にサン＝サーンスがフランス音楽復興のために国民音楽協会（Société Nationale de Musique）を設立したときに共同発起人となった人で、設立当初はフランク、フォーレ、デュパルクなどがこれに協力しました。

　詩の形式を、第1詩節を例にとって見ていきましょう。

Dan|s_un | som|meil | que | char|mait | to|n_i|mage 君の映像に呪縛されたまどろみの中	10音節	女性韻a
Je | rê|vais | le | bon|heur, | ar|dent | mi|rage, 僕は焼けつくような幻影としての幸せを夢見ていた。	10音節	女性韻a
Te|s_yeu|x_é|taient | plus | doux, | ta | voix | pu|re et | so|nore, 君の瞳はさらに優しく、君の声は澄んで響いていた。	12音節	女性韻b
Tu | ra|yon|nais | com|me un | cie|l_é|clai|ré | par | l'au|rore ; 君は暁に光る空のように輝いていたのだ。	13音節	女性韻b

　上の例を見ても分かるように、この詩の各詩行の音節数は一定ではありません（第2詩節は10-10-9-13、第3詩節は10-10-7-8と続きます）。脚韻は敢えて言えば2行ずつの平韻ですが、異なる女性韻が2行ずつ続く形になっています。伝統的な詩法では、基本的に各行の音節数は（行ごとに異なったとしても）規則的に配置すること、脚韻は男性韻と女性韻の組み合わせで配置することが鉄則ですから、その意味ではかなり自由な形式と言えます。

諧調についてはどうでしょうか。夢の中で幻想的な「君」と出会う第１詩節では、［m］［ʒ］［z］［t］［l］［r］など多様な子音が同じ行で繰り返されることで詩句に豊かな響きを与え、「君」と光の中を漂う浮遊感に満ちた第２詩節では、特に［l］が多用されることで柔らかで幸福なイメージを感じさせます。目覚めに気づいて嘆く「Hélas !」（ああ）で詩の流れが中断され、無味乾燥な現実に戻された絶望感も漂わせる第３詩節では、［l］の柔らかさとは対照的に、摩擦が多い［r］の音が詩節全体を通して連続するのも印象的です。束の間のまぼろし（mensonges）をなおも求め続ける詩人の未練に満ちた「Reviens」（戻ってきておくれ）の繰り返しがこだまする悲しげなラストは劇的でもあり、読む者の心を打つものがあります。夢の中で出会った未知の女性への思慕でしょうか、それとも今は亡き現実の女性への哀惜でしょうか。さまざまな解釈が可能だと思います。

　古いイタリア詩からの翻案であることを差し引いたとしても、本書で紹介する他の詩人たちの作品に比べれば、この詩の評価は決して高くはならないでしょう。しかし、素晴らしい音楽がフォーレによって与えられたことで、「夢のあとに」は多くの人の記憶にとどまることとなりました。旋律が優美なので、チェロなどいろいろな楽器に編曲されて演奏されることが多いのですが、それもそのはず、この曲はもともとそういった器楽曲の発想で作られたのだそうです。おそらくフォーレの歌曲の中でも、というよりフォーレの作品の中でも最もよく知られたものの１つといっていいでしょう。

　音楽的な特徴を少し詳しく見てみると、「幻影」mirage、「光」lumière、「夢想」songes、「幻」mensonges、「神秘の」mystérieuseといったこの詩の女性韻の強調音（●で示した箇所）のいくつかは、１つの音節に複数の音符を割り当てるメリスマという手法で歌われています（敢えて言えば日本の唄の「こぶし」のようなものです）。これはこの曲を優美にしている要素の１つですが、同時にこれらの単語はこの詩の中のキーワードとも言えるもので、フォーレは原詩の大事な箇所をうまく捉えて作曲を行っていることがよく分かります。

　フォーレ自身、初期では有節歌曲形式の歌曲を書きましたが、同じく初期の傑作といわれるこの「夢のあとに」では、曲の構成がAA'Bとなっており、音楽が大きく先に展開していく形式を取り（AA'の部分が夢だとすれば、夢から覚めた部分がBです）、時間の経過に沿って物語が進行していく詩のドラマ性が音楽においても表現されています。音楽史的には「有節歌曲から通作歌曲への移行」として捉えられるこの傾向は、フォーレののちの作品、あるいはフォ

ーレ以後の作曲家の作品において次第に顕著になります。

　第1章では比較的平易な詩ばかりを取り上げましたが、これは本書の序盤で定型詩の基本的な原則を具体的な詩を読みながら確認しておくためでもありました。ロマン派の詩人たちの詩は、もちろんこうした傾向に尽きるわけではありません。たとえば、ユゴーにとって重要な詩のジャンルは、重厚長大な叙事詩でもありました。これをきっかけに皆さんにもぜひ、こうした作品に挑戦していただければと思います。

　次の章で取り上げるシャルル・ボードレールの詩は、このロマン派の潮流から生まれていますが、同時にそこから大きく逸脱していく部分が多々あります。実際、本書が最も注目したいのは、主にこのボードレールおよびその影響を強く受けた象徴主義の代表的詩人であるヴェルレーヌによる詩です。フォーレ、ドビュッシー、デュパルクといった作曲家が織り成す「フランス歌曲の黄金時代」は、まさにこうした詩人たちの紡ぐ言葉の世界に呼応して開花したのですから。

第2章 近代詩（1）（ボードレール）
／フランス歌曲の黄金時代（1）

　ここからは、「近代詩の父」と呼ばれるシャルル・ボードレール（Charles Baudelaire, 1821-1867）の詩を読み、その詩に付された音楽を聴いてみることにしましょう。ボードレールはパリに生まれ、生涯のほとんどをこの地で過ごしています。父親を早くに亡くしましたが、継父とはそりが合わず、成人してからは亡き父の遺産で放蕩に耽り、結果的に貧窮にあえぐことになります。1857年、36歳のときに韻文詩集『悪の華』（*Les Fleurs du Mal*）を出版しますが、風俗を乱すとのことで裁判にかけられ、6篇を削除することを余儀なくされます。4年後、32篇を追加した第2版を刊行し、これによって詩人としての地位を確立します。晩年は主に散文詩という新しいジャンルを開拓し、現代都市の生活を描いた散文詩集『パリの憂鬱』（死後出版、*Le Spleen de Paris*, 1869）を残します。また、彼自身すぐれた評論家でもあったこと（「現代生活の画家」など）、アメリカの小説家・詩人であるエドガー・アラン・ポーから大きな影響を受け、作品をフランス語に翻訳してヨーロッパのポー受容に貢献したことでも知られます。

　本章で読む詩はすべて『悪の華』からのものです。ボードレールの詩の傾向としては、対照的とも言える次の2つの特徴が混在しているということがよく挙げられます。それは一方では旅、前世、「万物照応」（コレスポンダンス）（視覚、聴覚、嗅覚などさまざまな感覚が交感し合うこと）といったように、現実には見出せない世界への憧れであり、他方では苦痛、貧困、偽善、死など、人間生活にまつわる、目を背けたくなるような要素への冷徹な眼差しです。前者だけであれば、ともすれば彼岸の世界を夢見るロマン派と紙一重ですが、彼はそれにとどまらず、理想と現実が取り巻くこの世界そのものを見つめようとします（ここから引き出される魂の状態は「憂鬱」Spleenと呼ばれます）。これはとりもなおさず、個人の感情や個性を重視したロマン派から、ボードレールが一定の距離を置いていたことを示しています。1830年代にユゴーらが古典派に最後通牒を突きつけ、ロマン派の全盛を迎えた頃に少年時代を

シャルル・ボードレール

過ごしたボードレールは、その影響を多大に受けつつも、そこにとどまりませんでした[9]。彼の姿勢は、もはや人類の共通善を描こうとする詩人のそれではなく、背徳的かつ反社会的な挑発に等しいものとなります。しかし一方で、彼の詩は、詩の言葉の暗示的な機能や音楽性を重視することで、のちの象徴派(サンボリスト)と呼ばれる詩人たちの先駆けとなること、また都市や時代の変容に伴い、自分たちが生きる世界にふさわしい芸術を創造すべきだとする現代性(モデルニテ)の理論を提示したことも忘れてはなりません。

これほど名高い詩人の重要性を、ここで私がこれ以上強調するまでもないでしょう。早速、最初の1篇を読んでいくことにしましょう。

1. 旅への誘い(いざな)

対訳 p.77-78 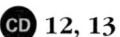 12, 13

恋人に「わが子よ、わが妹よ」と優しく呼びかけ、理想の国でともに暮らしたいと夢見るこの詩は、ボードレールの詩の中でもとりわけ有名な1篇です。のちの散文詩集『パリの憂鬱』には、同じ「旅への誘い」というタイトル、また同じ主題で散文詩が書かれています。詩の理解をより深めるために、それとあわせて読むことをおすすめします。

この韻文は、次に示すように、5音節詩句と7音節詩句の組み合わせによる3つの詩節からなっています。ボードレールの詩の中では珍しい奇数脚です。第1詩節を見てみましょう。

Mo|n_en|fant, | ma | sœur, わが子よ、わが妹よ、	5音節	男性韻a
Son|ge à | la | dou|ceur 思い浮かべてごらん、	5音節	男性韻a
D'al|ler | là-|bas | vi|vre en|semble ! 向こうへ行き共に暮らす愉しさを！	7音節	女性韻b
Ai|me|r_à | loi|sir, 心ゆくまで愛し、	5音節	男性韻c
Ai|me|r et | mou|rir 愛して死ぬ	5音節	男性韻c

---

[9] とはいえ、ボードレールから『悪の華』を送られたユゴーは「君は芸術の天に一つの不吉な光を贈った。君は新しい戦慄を創造した」と詩人に書き送っています。

Au | pays | qui | te | res|semble ! 君によく似たあの国で！	7音節	女性韻b
Les | so|leils | mouil|lés 太陽は	5音節	男性韻d
De | ces | ciels | brouil|lés 曇り空に湿り	5音節	男性韻d
Pour | mo|n_es|prit | ont | les | charmes 私の心を魅惑する、	7音節	女性韻e
Si | mys|té|ri|eux 謎めいた魅惑だ、	5音節	男性韻f
De | tes | traî|tre|s_yeux, まるで君の不実な眼が	5音節	男性韻f
Bril|lan|t_à | tra|vers | leurs | larmes. その涙を透かして輝いているように。	7音節	女性韻e

　これは見かけ上は12行でできている詩節ですが、よく見ると6行でできている詩節を連続して2つ並べた形になっています。この6行は、脚韻の面では最初の2行の平韻aaのあとに4行のbccdの抱擁韻が組み合わさって一セットとなっており、このパターンがさらにもう一度ddeffeと続くわけです。前半の6行では、「ここではない、よそでの理想の暮らしを思い浮かべてごらん」という呼びかけが示され、後半の6行でそのよその場所の情景が描かれます。両者は同じ詩節内にありますが、意味内容上の役割も分けられているわけです。全体に豊かな韻が多く、後述するように響きの面でも多くの工夫があります。

　そして、各詩節の最後に、7音節2行のルフラン（繰り返し）があります。

Là, | tout | n'est | qu'or|dre et | beau|té, 向こうではすべてが秩序と美、	7音節	男性韻
Lu|xe, | cal|me et | vo|lup|té. 贅沢、落ち着き、そしてよろこび。	7音節	男性韻

　この詩では、ここまでの2つの詩節が1つ目のまとまりとなっています。この詩の主題、つまり理想の世界における「秩序と美、贅沢、落ち着き、そしてよろこび」への憧憬が周期的に回帰してくることになり、この繰り返しによって、詩全体に穏やかで荘重な効果が生まれています。

詩の内容を、第１詩節から見ていきましょう。「曇り空に／湿った太陽」「運河」などといった言葉から、この詩は17世紀オランダ派の絵画に発想源があると言われており、散文詩のバージョンでその描写はさらに具体的になっています。通常、空cielの複数形がcieuxなのですが、ここではcielsが使われています。これは絵に描かれた空であることを示すと言われています。この詩にはボードレールの当時の恋人であった女優マリー・ドーブランとの恋愛が反映されていると言われており、ボードレール自身、マリーと二人でオランダに行くことを計画していましたが、実現しませんでした。いずれにしても、現実が理想とはかけ離れた苦悶に満ちた世界だからこそ、理想郷への憧れは高まるのでしょう。「君」と「あの国」とが類似の関係に置かれ、恋人の「不実な目」の涙に濡れた輝きが、曇り空の間から時折見える湿った太陽と重ね合わされていますが、これは移り気な恋人の「謎めいた魅惑」を暗示すると同時に[10]、ボードレール特有の「万物照応」の手法を見事に表しています。[m][l][r]の畳韻法、[ɑ̃][ɔ̃]の半諧音も豊かです。第２詩節ではルフランがこの詩を貫く全体のテーマとして提示され、１つ目のまとまりが終わります。

　第３詩節は「あの国」に着いた「私たち」が過ごす部屋の想像上の描写です。詩人と恋人の安住の地として、東洋風の趣を持ち、贅を尽くした豪華な住まいが描かれますが、この詩節で用いられている動詞（３行目のDécoreraientや10行目のparlerait）の時制は条件法であることに注目してください。ここではほぼ英語の仮定法に相当する使い方で、この描写があくまで想像の世界におけるものでしかないことを思わせます。「天井」を表すplafondsと「深みのある」という意味の形容詞profondsは、単に脚韻を構成するというだけでなく、単語全体で語呂合わせのようになっています。この詩節では、子音[l][r]などが繰り返される畳韻法、鼻母音[ɑ̃]が繰り返される半諧音が目立ちます。

　第４詩節のルフランで２つ目のまとまりが閉じられたのち、第５詩節で最後のまとまりに入ると、「あの国」への夢想が運河に漂う船に託されます。すべてを包み込んでしまう夕陽のような情景の中で、ゆらゆらと漂う空気は次第に濃くなっていきます。ここは、特にボードレールの絵画的な手法が見事に発揮されている部分です。10行目、「赤褐色」と訳した「イヤサント」hyacintheは、鉱物のジルコンの一種だとする説や、花のヒヤシンス（＝jacinthe）だとする説がありますが、前者だとすると赤褐色、後者だとすると紫がかった青色

---

[10] ボードレール、マリー、そして高踏派の詩人テオドール・ド・バンヴィルとの三角関係はよく知られています。

の可能性があります。どちらとも決めかねますが、次にor（金）という言葉があり、この詩節は夕陽の色に港が染められていく場面の描写でもあるので、ここでは「赤褐色」としておきました。この詩節では、特に子音［d］［s］［v］［r］が繰り返されて豊かに響くほか、比較的口の開きの狭く、低く響く母音［o］［ɔ］［ɔ̃］［u］が連続して、ふかぶかとした調子を与えます。最後に、第6詩節のルフランによってこの詩は終わりを迎えます。

なお、第1詩節7行目や第3詩節7行目には「太陽」が単数形のLe soleil［lə-sɔ-lɛj］ではなく複数形のLes soleils［le(ɛ)-sɔ-lɛj］となっていますが、これは沈んでは何度も昇る太陽の姿をとらえた表現とも、詩を黙読するときの視覚上の効果（脚韻の形との兼ね合いなど）や朗読するときの音響上の効果に配慮した表現とも考えられるでしょう。

この詩は、アンリ・デュパルク（Henri Duparc, 1848-1933）の歌曲によってさらにその魅力が引き出されています。「旅への誘い」は1870年、デュパルク22歳のときの作品で、管弦楽による伴奏版も書かれています。神経症が原因で人生の後半は作曲を断念したため、私たちに残された作品はわずかですが、この「旅への誘い」以外にも17曲の傑作歌曲（「前世」「フィディレ」など）を残し、フォーレとともにフランス歌曲の発展に多大なる貢献をしました。ボードレールの「旅への誘い」には他にもシャブリエなどの作曲家が曲を付けていますが、デュパルクの作品は完成度の高さで群を抜いています。

ただ、デュパルクはボードレールの原詩の第3、第4詩節をすべて削除しています。おそらく彼は、ボードレールの詩をすべて歌曲にしたのでは冗長に過ぎると考えたのでしょう。このような大胆な措置はときに原詩のニュアンスを犠牲にしてしまうこともあるのですが、デュパルクの場合は曲の展開がそれを見事にカバーしているように思われます。重々しいピアノから始まりますが、その後に歌われる旋律は、憧れをかき立てるかのように上昇していきます。ルフランの「向こうではすべてが秩序と美、／贅沢、落ち着き、そしてよろこび」の箇所では、オペラのレチタティーヴォ（叙唱）のように半ば歌われ、半ば唱えられるようにして、第1部が閉じられます。

アンリ・デュパルク

「ごらん、運河に眠るあの船たちを」から始まる第2部では、物思いに耽るような冒頭のピアノに戻りますが、「あれは君のどんなささいな／望みも叶えるために」の箇所では、ピアノの低音域に第1詩節ですでに歌われた「心ゆくまで愛し、／愛して死ぬ」の旋律が対位法的に現れ、声はその対旋律を歌うことでハーモニーを形作ります。この詩の主要な観念が、音楽上でもライトモチーフのように現れるわけです。「沈む夕陽が／野をおおう」以後は少しテンポを速め、拍子も6/8から舟歌風の9/8に変わり、ピアノによるアルペッジョに乗せて、満たされぬ憧れのような高揚感が表現されます。単なる詩節の繰り返しに終わらない、息を呑むようなドラマティックな展開です。最後にルフランが歌われて、曲は閉じられます。ここにも名残を惜しむかのように「心ゆくまで愛し、／愛して死ぬ」の旋律がピアノに現れています。

　デュパルクはリストやワーグナーから強い影響を受けた作曲家フランクの門下生で、彼自身もワーグナーに心酔していました（そういえば、ボードレール自身も熱心なワグネリアンでした）。確かに、ライトモチーフの使い方などにその影響も感じるのですが、彼の音楽はそれにとどまらず、ボードレールの詩の焦がれるような憂愁、憧憬、圧倒的な表現の力強さにしっかりと応えています。この作曲家は詩人と基本的な資質の多くを共有していたのでしょう。

　音楽のことで、もう1つ付け加えておきましょう。デュパルク以後のフランス近代歌曲では、ピアノは単なる歌の伴奏ではなく、歌と互角に対峙する存在となります。両者はそれぞれの個性を持ち、対話を交わし、応答し合うのです。日本でのフランス歌曲演奏の第一人者であった古沢淑子氏は、フランス近代歌曲を「歌とピアノのソナタ」とまで述べています[11]。今後は、ピアノの役割にもぜひ注目して聴いていただきたいと思います。

> **コラム**
>
> 　文学的な詩に曲を付けるのは、クラシックの作曲家だけの専売特許ではありません。フランス語で歌われるポップス（日本ではひとくくりにして「シャンソン」と言ってしまいますが）にも、ボードレールの詩に曲を付けて歌ったものはたくさんあります。いや、ボードレールだけではありません。フランスでは、ユゴー、ヴェルレーヌ、ランボー、シュルレアリスムの詩人たちなどによる数多くの詩に曲を付けて歌ったCDが発売されています。特に有名な人として、反骨精神にあふれた国民的歌手ジョルジュ・ブラッサンス（Georges Brassens, 1921-

---

[11] 堀内敬三編『世界大音楽全集』声楽篇第33巻「ドビュッシー歌曲集」、音楽之友社、1959年、218ページ。

81）や、日本でもアポリネールの詩による「ミラボー橋」の作曲家として知られるレオ・フェレ（Léo Ferré, 1916-93）などを挙げておきましょう。特に、フェレの歌う「旅への誘い」は、デュパルクのそれとはまた別の趣きを持っており、たゆたうような穏やかなリズムと切ない曲調が哀愁を誘います。

2．秋の歌

次の「秋の歌」も、「旅への誘い」同様、ボードレールが女優マリー・ドーブランと深い仲だったときのものです。冬へ向かう季節の移り変わりに託して、詩人とその恋人が向かうであろう末路を暗示した詩となっています。例によって第1詩節を例に取って詩の形式を説明しましょう。

Bien|tôt | nous | plon|ge|rons ‖ dans | les | froi|des | té|nèbres ;	12音節	女性韻a
じきにわれらは冷え冷えとした闇へと沈む。		
A|dieu, | vi|ve | clar|té ‖ de | no|s_é|tés | trop | courts !	12音節	男性韻b
さらば、あまりに短きわれらが夏の眩い光よ！		
J'en|tends | dé|jà | tom|ber ‖ a|vec | des | chocs | fu|nèbres	12音節	女性韻a
私にはもう聞こえる、陰気な衝撃とともに		
Le | bois | re|ten|tis|sant ‖ sur | le | pa|vé | des | cours.	12音節	男性韻b
中庭の敷石にたきぎが落ちて鳴る音が。		

4行からなる詩節が前半（I）で4つ、後半（II）で3つからなる比較的長い詩です。それぞれの詩句は12の音節からなる古典的アレクサンドラン。基本的に、行内の句切れは6音節ずつの半句を構成します。こういう場合は第6音節と第12音節でつねに強さアクセントを刻みますので、きわめて律動的です。以上からも、この詩は形式的には伝統的な詩法に則っていることが分かります。とはいえ、Iの終わりから2行目の「Pour qui ? — C'était hier l'été ; voici l'automne !」（2＋6＋4）やIIの終わりから4行目の「Courte tâche ! La tombe attend ; elle est avide !」（4＋4＋4）は、この律動に従わず、巧みに単調さを回避しています。脚韻は1つの詩節がababと男性韻と女性韻が交互に繰り返される交韻で、豊かな韻も多く用いられています。

ボードレールがその生涯のほとんどを過ごしたパリを含む北フランスの気候は夏が早く終わり、短い秋に続いて長い冬が来るという特徴があります。そ

の長い冬に備えて、庭に薪を積み上げるのは秋の風物詩のようなものです。ただ、詩人は薪が落ちる音を聞いて、死を思わせる不吉な音を連想します。断頭台を建てる音、城を攻める槌音、棺を閉じる釘音へと連想はとどまるところを知らず、ここに詩人は生から死への暗い出発の音を聞くのです。暖房設備も十分ではない19世紀半ばのパリの冬の寒さは現代のそれとは比べ物にならなかったことでしょう。「音」が死のイメージをおびき寄せ、不安が詩人を苛みます。

　後半部Ⅱでは、恋人による慰めと救済を求める詩人の姿が現れます。その最初の詩節です。

> J'ai|me | de | vos | long|s_yeux || la | lu|miè|re | ver|dâtre,
> あなたの切れ長の目の緑がかった光を私は愛す、
> Dou|ce | beau|té, | mais | tou|t_au|jour|d'hui | m'es|t_a|mer,
> 優しい人よ、だが今日私にはすべてが苦い、
> Et | rien, | ni | vo|tre a|mour, || ni | le | bou|doir, | ni | l'âtre,
> そして何一つ、あなたの愛も、寝室も、暖炉も、
> Ne | me | vaut | le | so|leil || ray|on|nant | sur | la | mer.
> 海に光りを注ぐ太陽を私にもたらしてはくれぬ。

　1行目の「de vos longs yeux（あなたの切れ長の目の）la lumière verdâtre（緑がかった光）」は、散文なら「la lumière verdâtre de vos longs yeux」と書かれるところですが、ここでは脚韻の効果などを計算に入れて、語句の倒置が行われています。この詩の最終行「De l'arrière saison le rayon jaune et doux !」に関しても同様で、普通の文章では「le rayon jaune et doux de l'arrière saison」となります。こうした措置は詩的倒置と言われ、韻文ではよく行われます。

　この詩節は特に、どんなものも、愛でさえも、自分に慰めをもたらしてくれないという、詩人の苦しい叫びのようなものが聞こえてきます。しかし、救いが得られないからこそ、第6詩節第3行の「束の間の和みであれ」という言葉や、最終行の「晩秋の黄ばんだ、優しい光」という言葉も生きてくるのではないでしょうか。ボードレールの詩には秋を題材にしたものが少なくありませんが、彼にとって秋とは、不可避で絶対的な「死＝別れ」を意識するからこそ感じ取られる、深い憂愁に結びつくものでした。

　この詩を元にしたガブリエル・フォーレの歌曲「秋の歌」（Chant

ガブリエル・フォーレ

d'automne, 1871年頃）は、前章で取り上げた「夢のあとに」よりも前に書かれた、彼の最初期の作品の１つです。どこか消沈したようなピアノの重々しい前奏から始まり、短い秋を惜しむ歌がイ短調で歌われます。しかし、付曲にあたってフォーレは第２・６・７詩節を大胆にも削除してしまいました。つまり、歌曲の方は上で引用した「そして何一つ、あなたの愛も、寝室も、暖炉も、海に光りを注ぐ太陽を私にもたらしてはくれぬ」で終わってしまうため、少なくとも言葉のレベルでは「束の間の和み」も「晩秋の黄ばんだ、優しい光」も存在しない、文字通り救いのないエンディングです。もっとも、フォーレの音楽では「あなたの切れ長の目の緑がかった光を私は愛す」の箇所からイ長調に転じ、穏やかで優美な旋律が奏でられることで、原詩に含まれているどこか優しげな表情を残してもいます。それでも、こうした終わり方によってボードレール特有の鮮烈さや苦さまで消してしまっている感もあり、そこは少々残念なところではあります。

なお、フォーレが付曲したボードレールの詩には、この「秋の歌」の他にも「身代金」(La Rançon) や「賛歌」(Hymne) がありますが、いずれも若い頃に作曲されたもので、フォーレの真に独創的な部分が開花するにはまだ早い時期の作品です。とはいえ、「秋の歌」は大規模な通作歌曲の形式を取っており、初期の多くの有節歌曲とは一線を画すものを感じます。

3．夕暮れの諧調　　　　　　　対訳 p.81　CD 16, 17

恋愛の追憶を題材にした詩です。上田敏の訳詩集『海潮音』でも取り上げられ、日本でも早くから知られていました。フランス文学者の齋藤磯雄はこの詩を「諧調の奇跡」と呼び、「おそらくフランス語で構成された最も音楽的な詩の１つであろう」と述べています[12]。私たちも単に意味内容だけを追うことなく、詩の音楽性をよく感じながら味わうことが大事です。前半の２つの詩節を見てみましょう。

---

[12] 齋藤磯雄『詩話・近代ふらんす秀詩鈔』(1972)、『齋藤磯雄著作集』第二巻の１、東京創元社、1991年、97ページ。

Voi|ci | ve|nir | les | temps ‖ où | vi|brant | sur | sa | tige, いまや来るそのとき、茎の上で震える	6 + 6	女性韻a
Cha|que | fleur | s'é|va|po|re ainsi | qu'u|n en|cen|soir ; それぞれの花が香炉のように蒸発する。	6 + 6	男性韻b
Les | son|s et | les | par|fums ‖ tour|nent | dans | l'air | du | soir ; 音と香りは輪になって夕空に立ち昇る、	6 + 6	男性韻b
Val|se | mé|lan|co|li|que et | lan|gou|reux | ver|tige ! 憂鬱なワルツと物憂げな眩暈！	6 + 6	女性韻a
Cha|que | fleur | s'é|va|po|re ainsi | qu'u|n en|cen|soir ; それぞれの花が香炉のように蒸発し、	6 + 6	男性韻b
Le | vi|o|lon | fré|mit | com|me un | cœur | qu'o|n af|flige, ヴァイオリンは悩ましげな心のようにわななく、	6 + 6	女性韻a
Val|se | mé|lan|co|li|que et | lan|gou|reux | ver|tige ! 憂鬱なワルツと物憂げな眩暈！	6 + 6	女性韻a
Le | ciel | est | tris|te et | beau ‖ com|me un | grand | re|po|soir. 天は堂々たる聖体仮安置所のように悲しくも美しい。	6 + 6	男性韻b

この詩は、形式面では次のような特徴があると言えます。
① 4行詩（quatrain）・4詩節から成り、全体は16行。
② 1行12音節からなるアレクサンドランで、第6音節と第12音節に強さアクセントを刻む（6＋6）。
③ 各詩節の第2・第4行はそれぞれ次の詩節の第1・第3行として再現される。
④ 全篇、女性韻-igeと男性韻-oirの交互の抱擁韻からなる。

①と②に関しては、きわめて古典的と言ってよいと思います。③は、マレー半島を起源としたパントゥムという詩の形式を部分的に取り入れています。正式なパントゥムでは、第1詩節の第1行と第3行が輪を閉じるように最終詩節の第2行と第4行に戻ってくるのですが、この詩ではそうなっていません。また、正式なパントゥムで一般的に使われる交韻ではなく、抱擁韻が用いられています。

④に関しては、男性韻と女性韻が一種類ずつしか現れないという意味では珍

しさを感じさせます。しかも、男性韻の部分を見ると「吊り香炉」（encensoir）「聖体安置壇」（reposoir）「聖体顕示台」（ostensoir）といった、カトリックの儀式で用いられる道具[13]の名前にsoir（夕暮れ）が含まれています。この詩に流れている時間はもちろん「夕暮れ」ですが、そのsoirがこうした道具やnoir（漆黒、闇）といった言葉と韻を踏むことで互いに関連が持たされ、神聖な雰囲気を漂わせつつ、黄昏と過ぎし日の恋人の思い出とを「悲しくも美しく」呼応させていきます。こうした宗教的な意匠がもたらす効果は、少なくともボードレールが生きていた時代であれば多くのフランス人が難なく理解できたのかもしれませんが、現代の日本ではなかなか難しいかもしれませんね。ただ、ある程度想像で補うことはできるでしょう。

　この詩の中で特筆すべきなのは、「音と香りは輪になって夕空に立ち昇る」（Les sons et les parfums tournent dans l'air du soir）という一節に表れているように、視覚、聴覚、嗅覚など様々な感覚のイメージが重層的に重ね合わされている点です。これは先にも見たように、ボードレールが「万物照応」と呼んだ共感覚的な手法の1つで、のちの象徴派と呼ばれる詩人たちに大きく影響を与えました。第1章で読んだラマルティーヌの「夕暮れ」と比較してみてください。同じ1日の時間を扱った詩でも、両者はその表現方法において何と隔たっていることでしょう。「旅への誘い」にも通じますが、ボードレールの描く夕暮れはすべてを溶かし、呑みこんでゆく甘美なる没落の象徴なのです。

　この詩のどの辺りが音楽的だと言えるでしょうか。「ワルツ」valse「音」sons「ヴァイオリン」violonなど、直接的に音や音楽に関係する語彙が多いというのはすぐに目につく特徴ですが、それだけでは直ちにこの詩が音楽的だとは言えません。こうした語彙は私たちの音楽に対するある種のイメージを呼び覚ましますので、詩の音楽性を醸し出すのに一定の効果はあるとは言えますが、「詩の音楽性」と言ったときにより本質的なのは、その詩自体が備えている「音」、つまり「リズム」や「脚韻」や「諧調」の問題です。たとえば詩節ごとに入れ替わる女性韻-igeと男性韻-oirの抱擁韻の効果、ゆったりと揺れる規則的なリズム（確かにワルツの揺らぎのようです）、同じ脚韻や詩句の周期的な回帰、あるいは同一の子音［v］［s］［l］などを繰り返す畳韻法の効果な

---

[13]「吊り香炉」encensoirは、ミサなどの宗教的儀式に際して香を炊く容器。「聖体安置壇」reposoirは復活祭から数えて60日以後の木曜日に行われる聖体祭などの行列に際し、途中で聖体を仮安置する美しく飾られた祭壇。「聖体顕示台」ostensoirは、祭壇上で聖別されたパンを顕示するための金銀細工の台で、太陽のような放射状の飾りがつきます。

どがまずは挙げられるでしょう。CDの朗読を聴きながら、この辺りをよく味わっていただければと思います。

クロード・ドビュッシー（Claude Achille Debussy, 1862-1918）の作品には、ボードレールの詩を元にした歌曲集があります。「バルコニー」「夕暮れの諧調」「噴水」「黙想」「恋人たちの死」の５曲からなる《シャルル・ボードレールの５つの詩》（*Cinq Poèmes de Charles Baudelaire*, 1887-89）です。いずれも20代後半

クロード・ドビュッシー

の作品で、中でも特に早くに書かれた「恋人たちの死」「夕暮れの諧調」はその頃彼が心酔していたワーグナーからの影響が濃厚であると指摘されるのですが、同時にドビュッシー独自の音楽性も大きく開花し始めた作品です。「夕暮れの諧調」以外の４曲も傑作ぞろいなので、機会があればぜひ聴いてみてください。

さて、このドビュッシーの「夕暮れの諧調」ですが、これまで本書を読みながら聴いてきたどの歌曲とも異なる響きがすることにまず気づかれることでしょう。ピアノのパートは大変雄弁ですし、遠くからほのかにワルツが聞こえてもきます。ただ、響きの精妙さもさることながら、特に印象的なのはそのテンポ感です。楽譜を見ると最初にAndante tempo rubatoの指示があります。これはアンダンテ（歩く速さで）という基本のテンポを持ちながら、そのテンポに柔軟に変化を付けていく（ルバート）ようにとの指示で、実際曲が進むにつれてPoco animato（少し活き活きと）－a Tempo（元の早さで）－Animando poco a poco（だんだん生き生きと）－Poco Stringendo（少し早く）などといったように、曲中のテンポも目まぐるしく変わっていきます。原詩では６＋６の規則的なリズム感に裏打ちされており、反復の効果も相まって眩暈のような感覚を生じさせるのですが、音楽の上では逆にテンポ感の自在さによってこの眩暈を実現させているようです。これはドビュッシーが、音楽のリズムを詩のリズムと敢えて単純に対応させていないことの表れのように感じられます。

同じ詩句が他の詩節で繰り返される部分は、似た旋律にはなっていますが、歌もピアノも少しずつ変化を見せています。ただ、こちらは詩と音楽の表現方法の違いによるものというよりは、ドビュッシーが詩を読みながら、詩の内部で何らかの変化が生じていることを感じ取ったからではないでしょうか。実

際、たとえば「花が香炉のように蒸発する」（Chaque fleur s'évapore ainsi qu'un encensoir）の詩句のはたらきは、第1詩節と第2詩節で同じではありません。同一詩句が異なる文脈の中に置かれるというのがパントゥムの特徴の1つですから、音楽においても何らかの変化を付けるのは当然の措置と言えます。

　先ほど見たように、ドビュッシーは必ずしも詩のリズムを音楽のリズムに機械的に当てはめることはしていませんが、その一方、フランスの作曲家の中でも特に、フランス語の朗唱法に忠実な付曲を行った一人と言われます。もちろん、フォーレやデュパルクがそうしたことに全く無頓着だったわけではありません。ただ、彼らはどちらかというと詩から得られた霊感を音楽に移すことの方を大事にしていました。ドビュッシーは、単に詩の中で展開されている情景やイメージを頼りにして自らの音楽を当てはめていくのではなく、フランス語の自然な朗読のリズムにできるだけ近付けることを試みています。たとえば、彼が詩の言葉につけた音符の長さや高さを見てみると、詩を読んだときのアクセントや抑揚によく対応していることが多いのが分かります。この忠実さの度合いが、ドビュッシーはフォーレやデュパルクよりも比較的高いのです。ドビュッシーが他の二者と違って原詩の改変をほとんど行っていない事実も、あくまで詩の言葉そのものに寄り添おうとした彼の姿勢をよく表しているように思います。

　ただ、デュパルクにせよ、フォーレにせよ、ドビュッシーにせよ、彼らがボードレールの詩に曲を付けたのはほぼ20代の頃です。ボードレールには若い作曲家の心を刺激する何かがあるのかもしれません。もっとも、ドビュッシーに関しては、その後もさまざまな形でボードレールへの関心をはっきりと示しています。たとえば、彼のピアノ作品の代表作のひとつである《前奏曲集第1巻》（1909-10）の中には、「音と香りは輪になって夕空に立ち昇る」（Les Sons et les parfums tournent dans l'air du soir）というタイトルの曲がありますが、これはもちろんボードレールの「夕暮れの諧調」からの一節です。また、2003年になってはじめて楽譜が出版されたドビュッシーの遺作に「燃える炭火に照らされた夕暮れに」（Les Soirs illuminés par l'ardeur du charbon）というピアノ曲（1917）があります。こちらは第1次世界大戦による物資不足の中で石炭を送ってくれた石炭商に頼まれて作曲されたという逸話を持つ曲ですが、このタイトルはかつてドビュッシーが作曲を行ったボードレールの「バルコニ

ー」（Le Balcon）からの引用です。

　ボードレールの美学／詩学はのちの世代、特にマラルメ、ヴェルレーヌ、ランボーなどの象徴派と呼ばれる詩人たちに受け継がれていきます。ヴェルレーヌの詩はその中でも特に多くの作曲家にインスピレーションを与えました。第3章では、このヴェルレーヌの詩と、それに付された音楽を見ていきましょう。

第3章 近代詩（2）（ヴェルレーヌ）
／フランス歌曲の黄金時代（2）

　文学史に忠実な言い方をすれば、ロマン派と象徴派の間には高踏派（les Parnassiens）と呼ばれる詩人の一群がいました。高踏派という名は、ギリシア神話の詩神ムーサ（ミューズ）が住む「パルナッソス山」（Mont Parnasse）にちなんで名づけられた『現代高踏詩集』（*Le Parnasse contemporain*）に由来しています。1866年、1871年、1876年の三期に渡って刊行されたこの合同詩集には、ルコント・ド・リールをはじめ、テオドール・ド・バンヴィル、ステファヌ・マラルメ、シュリ・プリュドム、フランソワ・コペ、ポール・ヴェルレーヌらが寄稿しました。彼らは主観的な抒情性を本質とするロマン派の詩を感情過多なものとして批判し、ゴーティエの「芸術のための芸術」（芸術至上主義）に賛同して、自我の表出を抑えた完璧な様式美を求めて詩句を磨き上げることに腐心しました。高踏派の隆盛は、小説においてもフローベールなどのレアリスム（写実主義）文学が現れたのと連動しています。

　マラルメ、ヴェルレーヌ、ランボーといった、いわゆる象徴派と呼ばれる詩人たちは、この高踏派の潮流から生まれてはいますが、次第にその厳密な客観主義とは距離を置き、独自の世界を築いていきます。もっとも、彼ら自身が象徴派を名乗ったのではなく、この時期に現れた何人かの詩人たちの作品の傾向を、自身も詩人であったジャン・モレアスが「象徴主義」（le symbolisme）と名づけたにすぎません（1886年に『フィガロ』紙に発表された「文学宣言」による）。もちろん、その名称は真実の一端を捉えてはいますが、何らかの観念の象徴として詩の言語を捉えるという点においては偉大な先駆者ボードレールがいたのであって、象徴派の詩人たちは彼の美学をそれぞれの個性において発展させたと言う方がおそらく正しいでしょう。自然（大宇宙／マクロコスモス）と人間の心情（小宇宙／ミクロコスモス）との照応を探究する象徴派の詩人たちは、詩の使命を自然や心情そのままの「描写」ではなく、こうした照応関係の「暗示」だと捉え、それにふさわしい言語を彫琢することに力を注ぎました。

　この時期の音楽の動向を見ると、1870年代以降はデュパルク、フォーレ、ドビュッシーといった作曲家がボードレールをはじめとする近代詩人の多くに付曲し、フランス歌曲の黄金時代を迎えました。その背景には、政治的なものも含まれていたことは否定できません。プロイセンをはじめとするドイツ諸国

（1871年にドイツ帝国）に対して始まった普仏戦争の敗北と、降伏に反対する勢力であるパリ・コミューンの鎮圧（1871年）は、フランスに大きなトラウマを残しました。降伏の一ヶ月後に設立された国民音楽協会（第1章「夢のあとに」の項を参照）が、フランス国籍を持つ者に入会資格を限定し、存命中の作曲家の作品のみを演奏することを目的としていたことも、この頃起こった文化的ナショナリズムの一端を表しています。国民音楽協会が主催する音楽会では、それまでオペラや舞台音楽に作曲が偏りがちだった反省から、器楽曲や室内楽が盛んに作られましたが、フランス語で書かれた詩と直接結び付く歌曲にも相応の地位が与えられました。それまで支配的だったドイツ・リートの影響からの脱却も意識的に目指されていたといいます。第2章で取り上げた、ボードレールの詩に付曲されたデュパルクの「旅への誘い」とフォーレの「秋の歌」が、こうした国難の時代における愛国心の高まりの中で作曲されたものだったことは考慮に入れておいてもいいでしょう。フランスの近代芸術歌曲は、このような状況のもとで生まれ、フォーレやドビュッシー、あるいはラヴェルなどにより絶頂期を迎えたのです。

　さて、本章では、象徴派の詩人の中でも特にポール・ヴェルレーヌ（Paul Verlaine, 1844-96）の作品と、それに付曲された作品を取り上げることにします。ヴェルレーヌは、本書の「はじめに」でも取り上げた「秋の日の／ヰオロンの／ためいきの……」（上田敏訳）や、「巷に雨の降るごとく／わが心にも涙ふる……」（堀口大學訳）などの名訳で、日本でも古くから多くの作品が親しまれている詩人です。ドイツに接するメスに生まれ、軍人を父とした恵まれた環境で育ちます。父の退役後、一家でパリへ出てからは詩に目覚め、ボードレールなどを乱読し、自作の詩をユゴーに送ります。ただ、私生活は過度の酒や暴力にまみれたものでした。26歳のときマティルド・モーテと結婚したことで一時は落ち着きを見せましたが、若き天才詩人アルチュール・ランボー（Arthur Rimbaud, 1854-91）が現れたことからその生活は完全に崩壊します。ランボーとの同性愛と共同生活、そしてその破綻はあまりにも有名です。

　その一方で、「何よりもまず音楽を」と述べて詩の音楽性を最大限に重視し、特にそれまで

◆第3章　近代詩（2）（ヴェルレーヌ）

ポール・ヴェルレーヌ

決して主流ではなかった奇数脚の詩を作ることを提唱しました。伝統的詩法では1行の音節が偶数になる詩——偶数脚——が安定的でよいとされてきましたが、ヴェルレーヌは敢えてこの不安定な奇数脚を用いることを勧めたのです。「詩法」（Art poétique）と題された詩の最初の詩節を以下に引用しましょう。(CD 18)

> De la musique avant toute chose,
> 何よりもまず音楽を、
> Et pour cela préfère l'impair,
> それには奇数脚を好みたまえ、
> Plus vague et plus soluble dans l'air,
> より模糊とし、より空気に溶けて
> Sans rien en lui qui pèse ou qui pose.
> そこに重みや気取りが生じることのないものを。

　4行で構成されている詩節が9つからなる詩で、この詩自体が9音節の奇数脚になっています。ボードレールの「旅への誘い」が5音節と7音節からなる奇数脚の詩だったことを思い起こしてください。ヴェルレーヌの頭には当然、この詩のことも念頭にあったのでしょう。ただ、彼にとっては奇数脚で詩を作ることだけが問題だったのではありません。たとえ偶数脚の詩を書く場合でも、ヴェルレーヌは甘美な夢想、漠とした不安、憂鬱などの感情を具体的に描写するのではなく、あくまで言葉そのものが持つ音楽性と微妙な陰影においてそうした感情を暗示しようとするのです。詩行内の自在な句切れが生み出す律動、畳韻法や半諧音を多用した諧調の工夫などはそのために用いられました。
　語彙は比較的平易でありながら、豊かなイメージと響き合う言葉の美しさを備えているヴェルレーヌの詩は、当然ながらと言うべきでしょうが、多くの音楽家にインスピレーションを与えています。これまでヴェルレーヌの詩に作曲された作品は膨大な数に及び、その数は同じく象徴派と呼ばれる詩人マラルメやランボーと比較しても群を抜いています。特に、フォーレとドビュッシーはこの詩人から多くのものを汲み取り、フランス歌曲が絶頂期を迎えたことを示す重要な作品を残しました。本章では、ヴェルレーヌの3つの詩を取り上げ、それぞれの詩の解説のあとにフォーレ、ドビュッシー、アーンがつけた音楽の簡単な比較を行ってみたいと思います。

1. 月の光

対訳 p.82　CD 19, 20, 21

　22歳の頃、ヴェルレーヌは処女詩集『サチュルニアン詩集』(*Poèmes Saturniens*, 1866) を自費出版しますが、これはユゴー、サント＝ヴーヴ、バンヴィル、マラルメなどの賛嘆を得たものの、さほどの反響があったわけではありませんでした。次の詩集『艶なる宴』(*Fêtes galantes*, 1869) も自費出版でしたが、バンヴィルによって「魔術師の手になるもの」と評価されます。この詩集は、ヴェルレーヌがアントワーヌ・ワトーの有名な絵画《シテール島への船出》（表紙絵を参照）を目にしたのを機に着想されたと言われる22篇の詩から成り立っています。18世紀フランスの高雅な風俗に設定を借りて、月明かりに照らされた森の中で恋に戯れる男女が詩情豊かに描かれ、それにイタリアの仮面演劇コンメディア・デッラルテ (commedia dell'arte) の登場人物たちが興を添えます。欲深なピエロ、性悪なアルルカン、だまされ役のカサンドル、おてんば娘コロンビーヌなどといった、この演劇のお馴染の人物が登場して、華やかな仮面舞踏会が開かれるのです。これから読む「月の光」は、その『艶なる宴』の最初に置かれた1篇です。

Vo|tre âme es|t un | pa|y|sa|ge | choi|si あなたの魂は選りすぐりの風景	10音節	男性韻a
Que | vont | char|mant | mas|que|s et | ber|ga|masques, その魂を魅惑してやまない仮面の数々、ベルガモの人々は	10音節	女性韻b
Jou|ant | du | lu|th et | dan|sant, et | qua|si リュートを弾き、踊っているけれど、どこか	10音節	男性韻a
Tri|stes | sous | leurs | dé|gui|se|ments | fan|tasques ! 哀しげだ、その風変りな仮装の下で。	10音節	女性韻b

　1行10音節の4行詩が3詩節から成る12行詩で、脚韻は男性韻と女性韻が交互に並ぶ交韻です。一見、古典的な定型詩のようですが、各行内の句切れの位置は柔軟で、必ずしも一定ではありません。第1詩節3行目から4行目にかけての「どこか」quasi と「哀しげだ」Tristes の部分は句跨りです。さらに、第2詩節と第3詩節の間には「詩節跨り」があります。「そして彼らの歌は月の光へ混じる」(Et leur chanson se mêle au clair de lune) と「哀しくも美しい穏やかなる月の光へと」(Au calme clair de lune triste et beau) との関係は、

後者が前者のau clair de luneの同格的な説明となっており、次の行以降はその月の光が及ぼす影響が綴られてゆきます。意味内容が詩節ごとに完結するのではなく、詩節間が緊密に結びつき、流れるようなリズムを作り出しているのです。

　第2詩節までは宴に集う人々に焦点が当たっていますが、その最終行で「彼らの歌」が月の光の中に溶けていったあと、今度は視点がその月の光の方にフォーカスされ、その光に照らされた木々や鳥たち、噴水といった事物がうっとりと夢を見たりすすり泣いたりする……定型をはみ出すことによって作られる、見事な呼吸です。この詩は諧調の点でも多くの工夫があり、「Que vont charmant masques et bergamasques」のように同じ詩行内でのque［k］やmasques［mask］の音の繰り返し、鼻母音enやan（どちらも［ã］と発音）の多用は、この詩をいっそう聴覚的に快いもの、すなわち「音楽的」なものにしています。

　ベルガモとは北イタリアにある町のことで、ここで展開されているのはお洒落な服装をした男女が仮面を付けて恋のさや当てをするという、夢幻的な情景です。彼らは音楽に合わせて踊り、陽気に見えるのですが、「短調」で歌う彼らは「どこか哀しげ」な様子。第2詩節でも「自分たちの幸福など信じてはいないみたいだ」とあるように、彼らのテンションはどこまでも微熱的です。

　冒頭に登場する「あなた」とは、一体誰なのでしょうか。『艶なる宴』の全22篇では詩人としての「私」の存在は希薄ですが、この「あなたの魂」とは詩人自身のそれなのかもしれません。詩全体の雰囲気は、陽気そうにも見えますが、どこか悲しげで冷めた表情が見え隠れします。幸福なのかそうでないのか、官能的なのかあっさりしているのか、どちらか1つに決めることのできない感情や感覚の機微を歌っているようでもあります。

　「魂」という内的な心象が外的な「風景」へと置き換えられていることからも、この詩人がボードレールの「万物照応」の詩法を受け継ぎつつ、新しい象徴的表現を見出そうとしていることが分かります。『艶なる宴』はヴェルレーヌ初期の作品でもあり、高踏派の影響もまだ見え隠れするのですが、絵画のような豊かなイメージと音楽性に満ちており、ヴェルレーヌの作風がすでによく表われた詩集であると言えます。

　1887年、42歳のガブリエル・フォーレは、はじめてヴェルレーヌの詩に曲を付けます。これが「月の光」（Clair de lune）で、これ以後《5つのヴェネツィアの歌》（*Cinq Mélodies de Venise*）、《よき歌》（*La Bonne Chanson*）など、

フォーレはヴェルレーヌの詩に集中的に作曲を行います。フォーレの全歌曲中に占める割合こそ決して多くないのですが、彼にとって、ヴェルレーヌの詩との出会いは決定的だったと言われます。「月の光」はヴェルレーヌの詩に付曲した記念すべき第１作であると同時に、フォーレ自身の作風も大きく変わる転機となりました。この「月の光」は室内管弦楽による伴奏版も作られており、『艶なる宴』を元にした1919年の舞台音楽《マスクとベルガマスク》の劇中に用いられています。

　この曲は、ヴェルレーヌの詩から感じられる、陽気ながらどこか覚めた表情を巧みに描き出しています。特にピアノのメヌエットは、まるで歌に無頓着なように淡々と奏でられてゆきます。その後も、ピアノは歌に少し近づいていったかと思うと、また離れていくといったように、終始独立した感を呈します。詩人の眼前に展開する夢幻的な光景を表しているようにも見えるこのピアノは、実はこの曲の真の主役なのかもしれません。そっと触れながら立ち去り、立ち去りながらも何かを残していくようなフォーレの音楽の特徴はこれ以降、次第に顕著になっていきます。

　次に、ドビュッシーが作曲した「月の光」を聴いてみましょう。フォーレより17歳ほど年下のドビュッシーですが、ヴェルレーヌに着目したのはフォーレを含めた誰よりも早く、習作期（1882年頃）にヴェルレーヌの『艶なる宴』から５編を選んで音楽にしており、その中に「月の光」も含まれています。ただ、これらのいくつかはのちに改作され、一部は歌曲集《艶なる宴　第１集》（1891-92）としてまとめられました。今回CDで聴く「月の光」も、その改作されたバージョンです。

　冒頭のピアノのアルペッジョ風の伴奏は、まるで木々の間から洩れ出てきた月の光のようです。フォーレの「月の光」が、原詩の「どこか悲しげ」な雰囲気を汲んだかのごとく、どちらかといえば単色でそっけない気がしたのに比べ、ドビュッシーの「月の光」の音色は色彩豊かで官能的です。この点、決して深刻にはならない（なれない？）ものの、表面上は艶めかしい男女の恋の方に比重がかかっているようにも感じられます。また、フォーレの音楽がつねに一定して前に進行していく運動性を見せているのに対し、ドビュッシーのそれは静謐な印象を残しさえします。

　1890年頃にドビュッシーが作曲したピアノ曲《ベルガマスク組曲》には、第３曲に「月の光」というタイトルの作品があり、ドビュッシーの作品の中でもとりわけ有名になりました。「ベルガマスク」とはもちろん、先ほど読んだヴ

第３章　近代詩（２）（ヴェルレーヌ）

ェルレーヌの「月の光」にも登場した言葉で、詩集『艶なる宴』、またドビュッシー自身の《艶なる宴 第1集》に漂う空気と連続していると言えるでしょう。ただし、この《ベルガマスク組曲》は、1曲目の「前奏曲」にフォーレの「月の光」の伴奏の音型と似たものが現れることから、フォーレから多くのインスピレーションを得て作曲されたとも言われています。

ヴェルレーヌをめぐる二人の作曲家の関係がこのような逸話からも垣間見えるのは興味深いですね。

2.（白い月が……） 対訳 p.83　CD 22, 23, 24

「月の光」をモチーフとしたヴェルレーヌの詩をもう1篇読みましょう。『艶なる宴』刊行後、まだ16歳の少女マティルド・モーテと婚約した25歳のヴェルレーヌは、のちに第3詩集『よき歌』（*La Bonne Chanson*, 1872）に収められることになる詩をいくつか書きます。婚約者マティルドに寄せる想いがあふれるこの『よき歌』は、ヴェルレーヌ特有の音楽的感覚が存分に発揮された詩集です。これから読む「（白い月が……）」は、その典型的な作品と言ってよいでしょう。

La | lu|ne | blanche	4音節	女性韻a	白い月が
Luit | dans | les | bois ;	4音節	男性韻b	森に輝き、
De | cha|que | branche	4音節	女性韻a	枝々から
Part | u|ne | voix	4音節	男性韻b	洩れる声が
Sous | la | ra|mée…	4音節	女性韻c	木陰に広がる……
Ô | bien ⌣ -ai|mée.	4音節	女性韻c	ああ　恋人よ。

この詩にタイトルはないため、慣例的に冒頭の1行をタイトルとして記しました。一読してすぐに分かるのは、これまで読んできたどの詩に比べても、1行の音節数がとても少ないという点です。ポツ、ポツとつぶやくようなリズムはここから生まれています。

次に特徴的なのは脚韻です。女性韻と男性韻が交互に配置されたababという交韻のあと、5行目のramée…と遊離した6行目のbien-aiméeとが組み合わさり、これによって女性韻による平韻ccを構成します。したがって、この6行全体を1詩節と数え、全部で3詩節で構成された詩と捉えた方がよいでしょ

う。ただし、読むときには５行目で少しだけポーズを置くことになります。これによって、離れたところにあるもう１行が聞こえ、脚韻の解決を行うということが了解されるのです。

　諧調の工夫も多々あります。畳韻法では第１詩節の [l] [ʃ]、第２詩節の [l] [r]、第３詩節の [t] [s] など、半諧音では第１詩節の [a] [ã]、第２詩節の [o]、第３詩節の [ã] [i] などがあって、とても豊かに音が響いています。

　恋人の姿は一切描写されていないのですが、月の光に照らされた森、池、柳の木などの自然の描写の中から相手への愛情があふれてくるようです。詩の全体が穏やかな幸福感に満ちており、読む私たちにも安らぎapaisementを与えてくれます。

　しかし、この詩が含まれた詩集『よき歌』が出版された年にヴェルレーヌの隣にいたのは、すでにマチルドではありませんでした。結婚から１年後、天才少年ランボーの詩才に出合って驚嘆したヴェルレーヌは、「来たれ、偉大なる魂よ」と手紙に書き送り、少年をパリに呼び寄せます。たちまち少年の虜になった彼は、妻子に暴力を振るい、家を飛び出してランボーとベルギー国内やロンドンなどを転々とします。『よき歌』は、ヴェルレーヌが結婚した1870年にはすでに刊行の準備ができていたのですが、結婚の少し前に勃発した普仏戦争とその後に起こったパリ・コミューンの混乱も手伝い、この詩集が世に出たのは彼が家庭を捨ててランボーと放浪を始めたのと同じ、1872年でした。

　翌1873年のブリュッセルでの滞在時、口論の末にヴェルレーヌはランボーをピストルで撃ち、手首に怪我を負わせます。幸いランボーの命に別条はなかったのですが、ヴェルレーヌは懲役２年の判決を受け、収監されることになります。思えば、『よき歌』に収められる詩が書かれた頃が、この詩人の生涯でも唯一の幸福な時期だったのかもしれません。後年の回想で、ヴェルレーヌ自身が最も愛する詩集に『よき歌』を挙げているのはその証のように思われます。

　この詩に曲を付けたフォーレの音楽を聴きましょう。1892年から94年にかけて、フォーレはヴェルレーヌの『よき歌』から９篇の詩を選び、連作歌曲集を作曲しました。曲集を通じて共通するモチーフ（マチルドを表す音型など）が現れ、全体の統一が図られています。その曲集の３曲目にあたるこの「白い月は森に輝く」（La Lune blanche luit dans les bois）は、原詩の精妙で官能的な夜の雰囲気をよく出していますが、音楽はあくまで内省的で、ピアノ伴奏も声を荒げず、感情をあらわにしません。ただ、第２詩節の終わりから第３詩節

に入るまでの間、ピアノの伴奏がフォルティッシモになるところで、わずかにうち震えるような高揚が見られます。

次に、第1章でも取り上げたレイナルド・アーンによる付曲を取り上げます。1887-1890年にかけて作曲された《7つの灰色の歌》（7 Chansons grises）の中の1曲で、原詩の最後の「L'heure exquise」（妙なるとき）をタイトルにしています。「私の詩に翼があるのなら」と同様、やはり大変若いときの作品です。冒頭の静かなピアノのアルペッジョが何度も繰り返されるのが印象的で、楽譜の「Infiniment doux et calme」（限りなく甘美で穏やかに）という指示に表われているように、とことんまで美しい音楽に仕上がっています。高い芸術性という点で言えばフォーレに軍配が上がるのでしょうが、このアーンの曲も捨てがたいものがあります。

なお、この「白い月」には、ここで取り上げたフォーレとアーン以外にも、数え切れないほど多くの人によって音楽が付けられています。ここでは有名な作曲家として、マスネ、ショーソン、ディーリアス、ストラヴィンスキー（！）などの名前を挙げておきましょう。

3.（私の心に涙降る……）　　　対訳 p.84　CD 25, 26, 27

1874年、友人の手で出版され、ヴェルレーヌのいる監獄に届けられた詩集『言葉なき恋歌』（Romances sans paroles）中の「忘れられた小唄」（Ariettes oubliées）というまとまりの中に含められた1篇です。この詩集は、ヴェルレーヌがランボーとともに漂泊の旅を続けていた時期を反映し、どこか不安定で、憂鬱で、胸ふさぐ気分が支配していますが、それが彼の暗示性に富んだ詩作の手法と見事に結びついた傑作です。ここで取り上げる詩は、前にも触れましたが、堀口大學の名訳「巷に雨の降るごとく／わが心にも涙ふる。／かくも心ににじみ入る／このかなしみは何やらん？」でよく知られている詩です。冒頭にランボーのエピグラフが掲げられていますが、ランボー自身の詩の中にこの言葉を見出すことはできません。ロンドンに降る雨を見て彼が洩らしたつぶやきを拾ったのかもしれません。

| Il｜pleu\|re｜dans｜mon｜cœur　　　　　　　　　6音節　　男性韻a |
| 私の心に涙降る |
| Com\|me il｜pleut｜sur｜la｜ville,　　　　　　　　6音節　　女性韻b |

街に雨が降るように、		
Quel|le est | cet|te | lan|gueur	6音節	男性韻a
私の心に入り込む		
Qui | pé|nè|tre | mon | cœur ?	6音節	男性韻a
このやるせなさはなんだろう？		

　4行詩4詩節からなる定型詩で、1行6音節を保っていますが、abaaという脚韻のパターンは韻律法的にはきわめて異例です。第1詩節ではaの部分は男性韻ですが、第2詩節ではcdccのcにあたる部分が女性韻で、両性の韻の比重が詩節ごとに交代する形です（もっとも、第1詩節のbや第2詩節のdなどは、それと対応する音を持たないので厳密には「韻」とはいえません）。

　この脚韻の効果はどのようなところにあるのでしょうか。第1詩節で見ると、4行からなる1つの詩節に同じ韻［œːr］が3つも続くと、それだけで単調で物憂げな感じを増幅させます。しかも1行目と4行目はmon cœurと同じ語句によって韻を踏むという禁を犯しており、単調さはさらに倍加されます（第2詩節以下でも、1行目と4行目はそれぞれde la pluie, sans raison, peineといった同一の語（句）によって脚韻を作っています）。しかし、これによって雨がしとど降る様子が彷彿とされるわけですから、厳格な詩法を守らんとする向きには目をつむっていただかなくてはなりません。

　面白いのは、「雨が降る」Il pleut（英語のIt rains のitのようにilは非人称）という表現にひっかけてIl pleureとした箇所です。動詞pleureの不定詞pleurerは「泣く」という意味ですから、文字通りには「彼（それ）が泣く」という意味ですが、それがil pleutとの連想で「涙が降る」というイメージにつながっていきます。第2詩節にも脚韻を構成するpluie「雨」という単語があったり、第3詩節の1行目にもIl pleureが再び現れたりすることで、さらに連鎖的に雨＝涙のイメージが連なっていきます。

　第3詩節に入ると「いわれもなく涙降る／このげんなりとした心には」とあり、詩人が感じている悲しみには何の「いわれraison」もないことが示されます。しかし、3行目の「何だって！ 何の裏切りもないと？」によって詩の流れは急に中断されます。「（人による）裏切りtrahison」というややショッキングな言葉を持ってくることで、本当にこの悲しみには「いわれ」がないのか自問するヴェルレーヌがそこにいます。ただ、人間の都合にはお構いなしの「雨」同様、再び自分の悲嘆には「いわれがない」のだ、と続けられ、まさにその「いわれのなさ」によって詩人が苦しんでいることが最終詩節で確認されます。

ちなみに、ここで「悲嘆」と訳しておいたdeuilには「喪の悲しみ」という意味もあります。彼の悲しみには確かに「いわれがない」のだとしても、そこには「何か決定的に失われたもの（人）」があるのではないかという不安もまた、この詩では暗示されているのではないでしょうか。
　この詩の諸調はきわめて豊かです。以下に一覧にしてみました。

	畳韻法	半諧音
第1詩節	[pl] [l] [k] [m]	[œ] [ɛ] [ɑ̃]　脚韻：[œːr]
第2詩節	[p] [d] [t] [k] [l]	[ɛ] [ɑ̃]　脚韻：[ɥi]
第3詩節	[s] [k] [r]	[œ] [ɑ̃]　脚韻：[ɔ̃]
第4詩節	[p] [r] [s]	[ɑ̃]　脚韻：[ɛn]

　この詩では脚韻の繰り返しが多く、必然的に半諧音が多くなりますから、そこは他と区別しておきました。詩全体を通して鼻母音 [ɑ̃] が多いですが、これは柔らかさを出すと同時に、くぐもった音を増やすことで詩全体の鬱々とした気分を演出しています。また、第3詩節2行目のcœur（心）という単語とs'écœure（「やる気をなくす」という意味の動詞s'écœurerの直説法現在3人称単数形）は縁語関係にあり、[kœːr] という音の連続によって、すべての詩節に現れるcœurという単語の重要性をますます際立たせる効果を与えています。

　「月の光」が作曲された翌年（1888年）、フォーレはこの詩に「憂鬱」（Spleen）というタイトルをつけて付曲を行っています（Spleenは英語ですが、ボードレールがたびたび使った言葉でもあります）。原詩では1行6音節ですが、フォーレは多くの場合これを2行で音楽上の1フレーズとしています。このため、abaaの脚韻があまり響かなくなってしまうきらいはあるのですが、倦怠感は倍加される印象があります。この曲でもフォーレ以降のフランス歌曲の特徴である「ピアノの独立性」は顕著です。たとえば雨のイメージをピアノのスタッカートで、涙のイメージをレガートで表現することで、2つのイメージをしっかりと際立たせています。内界（心）と外界（自然）をつなげる、象徴詩の手法をフォーレは音楽によって見事に表現していると言えるでしょう。
　フォーレは原詩のce cœur（この心）をmon cœur（私の心）に、ce deuil（この悲嘆）を mon deuil（私の悲嘆）に変更しています。これは、摩擦音の多い [s] を抵抗の少ない [m] にすることで響きを滑らかにし、さらに鼻母

音［ɟ］を追加することで印象を柔らかにしようとしたと言われています[14]。

　フォーレが「憂鬱」を作曲した翌年、ドビュッシーも歌曲集《忘れられた小唄》（*Ariettes oubliées*, 1885-88、1903改訂）の中でこの詩に曲を付けています。彼はフォーレとは異なり、原詩通りに6音節1フレーズにして原詩の韻の響きの効果を残しています。歌はときに叫びのようになるほどやり場のない悲しみを伝えており、フォーレよりもやや感傷的、官能的な響きがします。ここでもピアノは大変雄弁です。とくに雨の表現がフォーレとは対照的で、色彩感のある絵画的な味わいを持っています。「何だって！　何の裏切りもないと？」で詩の流れが中断される箇所では、ピアノで表現される雨の音も詩人の意識の上では止んだように聞こえなくなります。ドビュッシーの歌曲では、歌が人間の内面を表現し、ピアノがそれを取り巻く外界＝自然を表現しているケースが多いのですが、これは典型的な例と言えましょう。

　この曲はドビュッシーにしては珍しく、語句の改変があります。原詩のchant（歌）を敢えて抵抗のある響きを持つbruit（音）に変え、しかもennuie, bruit, pluieと同じ半子音［ɥi］（「ユィ」のような音）の響きを持つ言葉を並べることで、この3つの単語の意味上の連関を持たせる効果を与えています。

　誰よりも早くヴェルレーヌに注目し、習作期からその詩に曲を付けていたドビュッシーですが、その後も改作を含めヴェルレーヌ作品への付曲はコンスタントに行われています。現在残された約90曲もの歌曲のうち、4分の1近くがヴェルレーヌの詩によるものだったことは、ドビュッシーにとってのこの詩人の重要性を示して余りあります。フォーレと違い、ごく初期からヴェルレーヌ作品の付曲を行い続けたドビュッシーにとって、この詩人はその音楽的発想を得るための尽きせぬ源泉だったのでしょう。この詩人と作曲家との間に直接的な面識があったかどうかは不明ですが、幼いドビュッシーにピアノを教えたのは、実はヴェルレーヌの義母にあたるモーテ夫人でした。ドビュッシーは彼女に最初にその才能を見出され、その熱心な指導のおかげで、約1年後には10歳にしてパリ音楽院に入学できることになったのです。これは、ちょうどランボーをめぐってヴェルレーヌ家で諍いが生じていた時期のことでした。

　『言葉なき恋歌』刊行後のヴェルレーヌについて簡単に触れておきましょう。彼は獄中でカトリックの信仰に目覚めます。出獄後はロンドン、次いで北フランスの中学教師となりますが、今度はその生徒の一人リュシアンと親密になっ

---

[14] 金原礼子『フォーレの歌曲とフランス近代の詩人たち』、藤原書店、2002年、259ページ。

◆第3章　近代詩（2）（ヴェルレーヌ）

たことで職を追われ、彼と各地を巡ります。パリに戻った翌年（1883年）にはそのリュシアンもチフスで死去。ヴェルレーヌの詩人としての名声は次第に高まり、重要な作品もいくつか刊行されますが[15]、その詩心は次第に衰えを見せ、1896年、パリのパンテオン近くの一室で娼婦に看取られて52歳で死去しました。

　ヴェルレーヌにおいては、詩はもはや単なる思想信条の告白や心情吐露の手段であることを止め、しばしば「歌」そのものになりますが、これは詩と音楽が密接に結びついていたかつての詩のありかたをも意識させることにもなり、それはとりもなおさず、20世紀以降の詩の行方を左右することにもなります。先にも述べたように、このようなヴェルレーヌの詩からはおびただしい音楽が生まれました。ヴェルレーヌの詩の数々は、文学史的に重要なだけではなく、フォーレやドビュッシーのお陰で、音楽史においてもフランス歌曲の発展にきわめて大きな貢献をしていると言えます。一方では言葉（文学）そのもので、他方ではその言葉にメロディ（音楽）を加えることで、それぞれの形でフランス語の響きの持つ美しさを最大限に引き出しました。マラルメの忠実な弟子だった詩人ポール・ヴァレリー（Paul Valéry, 1871-1945）は、師の美学を要約して「音楽からその富を奪還しようとする試み」だったと述べています。確かに、ヴェルレーヌやマラルメは特に、言葉の音楽性をとことん追求しました。ただ、作曲家たちも負けてはいなかったのです。フォーレやドビュッシーは逆に、象徴詩が蓄えた富を存分に汲み取り、音楽という形でそれに存分に応答し得た作曲家だったと言えるのではないでしょうか。そこには詩と音楽の単なる融合でも和解でもなく、ある種の緊張をはらんだ両者の出逢い——フランス歌曲（メロディ）の黄金時代——が確かにあったのです。

---

[15] 獄中で書き始められた詩を含む『叡智』（*Sagesse*, 1880）、この章の最初に引用した「詩法」を含む『昔と今』（*Jadis et naguère*, 1884）、ランボーやマラルメなどの価値を見出した評論『呪われた詩人たち』（*Les Poètes maudits*, 1884）など。

第4章 ※ 20世紀の詩／メロディの継承と新たな展開

　この最終章では、20世紀前半に書かれた詩とそれに付けられた音楽に親しみ、それら相互の関係について考えます。詩人はアポリネール、エリュアール、アラゴン、アヌイの4人、作曲家はプーランク一人に絞って見ていきます。

　20世紀以降のフランスの詩は、ボードレール、それに続くマラルメ、ヴェルレーヌ、ランボーなどの美学を継承して、今後言葉をどう紡いでいけばよいのかを模索することになります。特に、ランボーやマラルメはきわめてラディカルな形で言葉の極限を追求したので、これ以降の詩人たちには、必然的に詩を書くということに対する自意識、つまり言葉への透徹した意識といったものが要求されるようになりました。詩作とは何かに守られた安定した行為ではなくなっていくのです。たとえば、1920年代以降に興ったシュルレアリスムの運動はこれに応えて、今後の詩のありかたを模索します。言葉の意味内容よりも、どちらかといえば音声的要素や図像的要素を重視する傾向が現れてくるのもこの頃です。詩は、ある意味では「前衛的」にならざるを得なくなります。ただし、これまでの詩法の諸形式から解放されたことで、等身大の言葉で表現する詩も多く生じてきたというのもまた事実です。本章で取り上げる詩人たちはみな、どこかしらそういった側面を持っています。

　19世紀末から第一次世界大戦にかけてのあいだ、パリは華やかな時代を謳歌し、ヨーロッパの一大文化拠点となります。「美しき時代」(La Belle Époque)と言われた時代です。フランスが普仏戦争敗北の屈辱を乗り越えて徐々に国力を蓄え、経済的に豊かになると、文化の爛熟や美的嗜好が一般に浸透します。美術ではアール・ヌーヴォーやアール・デコ、キュビスムやフォーヴィスム、未来主義、文壇でもプルースト、ヴァレリー、ジッドなどが新しい時代の文学を準備することになります。

　この頃のパリで少年時代を過ごし、その文化的香りを骨の髄まで吸収した作曲家がいました。それがフランシス・プーランク (Francis Poulenc, 1899-1963) です。彼は生粋のパリジャンで、裕福な家庭に育ちます。パリに集う多くの芸術家たちとの交流の中でみるみる頭角を現し、ミヨー、オネゲルらとともに「6人組」の一人に数えられます。その作風はときに滑稽、ときにメラン

コリック、そしてときに極めてメロディアスで、20世紀の作曲家でありながら調性を最後まで守りました。一方で、1936年の宗教的体験を経てからは、合唱曲を中心にカトリックに根ざした宗教音楽も手がけます。ピアノ曲、室内楽、協奏曲、オペラ、バレエ音楽なども残しますが、最も重要なのは声楽曲で、特筆すべきは、彼が交流した同時代のさまざまな詩人（ギヨーム・アポリネール、ポール・エリュアール、マックス・ジャコブ、ルイーズ・ド・ヴィルモランなど）の詩によるものを中心に、実に150曲以上の歌曲（合唱曲を含む）を残したことでしょう[16]。

彼は生涯に渡り、まるで日記を書くように歌曲を書き続けました。彼の音楽は、これまで見てきたフォーレやドビュッシーとは作風を異にしていますが、フランス歌曲の歴史の中でも、特に同時代の文学や文学者と密接な結びつきを持ち、素晴らしい成果を残した作曲家として、近年とみに評価が高まりつつあります。

1. オルクニーズの歌　　　対訳 p.85　　CD 28, 29

ギヨーム・アポリネール（Guillaume Apollinaire, 1880-1918）は、まさにベル・エポックを生きた詩人です。父はシチリアの退役軍人、母はポーランド貴族。9歳のときにパリに出て、モンパルナスでピカソ、シャガール、デュシャン、マティスといった芸術家と盛んに交流します。『キュビストの画家たち』（Les Peintres cubistes, 1913）で多数の新しい画家を紹介し、「新精神（エスプリ・ヌーヴォー）」の標語のもとに新しい美学を試みます。その名声を確立した詩集『アルコール』（Alcools, 1913）の巻頭の詩「地帯」に「とうとう君はこの古ぼけた世界に飽きた」とあるのは象徴的です。この『アルコー

ギヨーム・アポリネール

---

[16] プーランクは自らピアノ伴奏を受け持つ形で、フランスの名バリトンであるピエール・ベルナック（Pierre Bernac, 1899-1979）と25年にもわたる演奏活動を行い、自作・他作を問わず多くの歌曲を演奏しました。この演奏会のために、プーランクの全歌曲のうち約半分はベルナックとの共作のように書かれたといい、このコンビでの録音も残されています。ベルナックはプーランクに関する著書を書いているほか、『フランス歌曲の演奏と解釈』などの重要な著作でも知られます（68ページの「参考文献」を参照してください）。

ル』では句読点がすべて排除されています。現代詩ではすでに一般的となっているこの手法は、当時としては斬新なものでした。『カリグラム』(*Calligrammes*, 1918)では、詩の文字を内容に合わせて配列した独自の書法を示して話題を呼びます（たとえば、雨の滴が落ちてくるように文字を配列した「雨が降る」など）。「超現実主義(シュルレアリスム)」という言葉を最初に用い、のちにこの文学運動の担い手となるブルトンやエリュアールに影響を与えたと言われています。確かに、そうした傾向を感じさせる詩も多いのですが、その詩の本質はむしろ抒情性にあり、たとえば『アルコール』に収録されている「ミラボー橋」(Le Pont Mirabeau)のように[17]、どれも口ずさみたくなるような歌心に満ちています。

　これから読む「オルクニーズの歌」は、散文詩「夢判断」(Onirocritique)の中で引用されている韻文詩です。「夢判断」は最初に1908年に『ファランジュ』誌に掲載され、翌年100部限定で刊行されたアポリネールの処女作品集『腐ってゆく魔術師』(*L'Enchanteur pourrissant*, 1909)に最終章として加えられました[18]。「夢判断」はその名の通り、摩訶不思議な夢のような情景を描写したもので、「空にある炭火がとても近くにあったので僕はその熱さを恐れていた」という文から始まります。不思議な光景の中を「僕」が歩いていると、「オルクニーズの門」が地平線から見えてきて、そこから素敵な歌が聞こえてきた、という話のあとに引用されているのがこの詩です。詩の形式面では、4行詩5詩節、1行7音節からなり、脚韻も同一の単語で韻を踏む禁を犯してはいますが、交韻を踏んでおり、全体としては定型詩です。同一の子音、母音、語句などの繰り返しの効果もあって、跳ねるようなリズム感があります。たとえば第1詩節1行目と3行目、「Par les portes d'Orkenise」での[par] [pɔr] [dɔr] といった音の連なりはいかにも歌謡的で、快活に響きます。

　プーランクの述べるところによると（『私の歌曲日記[19]』より）、オルクニーズとはブルゴーニュ地方にあるオータン(Autun)という街にある通りの名前のようです。オータンはローマ帝国の初代皇帝アウグゥストゥスの勅許により建設された歴史ある町（筆者も訪れたことがありますが、大変美しい町です）。

---

[17] この詩は、アポリネールが画家マリー・ローランサンとの恋の終わりにセーヌ川にかかるミラボー橋を通って恋人に会いに行った過去の日々を歌ったもので、のちにレオ・フェレが美しいシャンソンにし、日本でもよく知られています。

[18] 「夢判断」は、アポリネールの死後にまとめられた詩集『がある』(*Il y a*, 1925)にも収録されています。

[19] Francis Poulenc, *Journal de mes mélodies*, Cicero, 1993, p. 37.

ローマ時代の遺跡が数多く残り、そのオルクニーズ通りにもローマ時代に作られた門があるとのことです。ただ、そのような情報はこの詩の鑑賞の助けには必ずしもならないかもしれません。というのも、オルクニーズは『腐ってゆく魔術師』の第4章の舞台にもなっており、その内容からして、現実の土地をモデルにしたわけでは必ずしもなさそうなのです。「夢判断」というタイトルにも、あまりこだわり過ぎる必要はないでしょう。このテキストは、アポリネール自身の夢を解釈した文章というよりは、韻文「オルクニーズの歌」を含めた散文詩と考えた方がよいと思います。

この詩に敢えて筆者なりの見解を加えてみますと、オルクニーズの門とは、男性が女性との関係に入っていくための入り口の象徴かもしれません。「心でいっぱい」だというオルクニーズは、男性の置き土産をため込む女性の象徴でしょうか。女性と結婚するために自分の心を携えて入っていこうとする荷車引きもいれば、すっかりぼろぼろになって（心を奪われて？）出ていく浮浪者もいる。見張り番が笑って彼らに投げかける「道は灰色だ、／恋で酔い心地だ」という言葉は、男女の相互理解の難しさを暗示しているようでもあります（ちなみに「夢判断」には「僕は男女の異なった永遠性についての意識を持っていた」という一文が脈絡なく何度も現れます）。そうすると、見張り番が足をばたつかせていたり（ここで使われているtricoterという動詞には「編み物をする」という意味もあります）最後に門がゆっくりと閉まったりするのが何を意味するのか、といったことにも興味がわいてきますが、解釈はこの辺にしておきましょう。いずれにせよ、「オルクニーズの歌」は苦い教訓を含んだ寓話のような味わいを持った詩のようにも感じられます。

プーランクは、世代が離れていることもあり、アポリネールと直接的な交流が深かったわけではないのですが、若い頃、パリのオデオン通りに位置し、多くの文学者や芸術家が集うサロンのような場所だったアドリエンヌ・モニエの書店で、この詩人による自作の詩の朗読を聴いたようです。彼の声はプーランクの音楽的な感性を大いに刺激したに違いありません。実際、プーランクが付曲した詩人の中ではアポリネールが最も作品数が多く、歌曲集では《動物詩集》(*Le Bestiaire*, 1919)、《ギヨーム・アポリネールの4つの詩》(*Quatre Poèmes de Guillaume Apollinaire*, 1931)、《月並み》(*Banalités*, 1940)、《カリグラム》(*Calligrammes*, 1948) など、その戯曲を元にしたオペラでは《ティレジアスの乳房》(*Les Mamelles de Tirésias*, 1944) が生まれました。

この「オルクニーズの歌」は、歌曲集《月並み》のオープニングを飾ってい

ます。のっけから行進曲調で、どこかシニカルな滑稽味が漂います。「オルクニーズは心でいっぱい！」(Que de cœurs dans Orkenise !) の箇所からはプーランクお得意のややセンチメンタルなパッセージとなりますが、すぐにもとの行進曲に戻り、オルクニーズの門が「ゆっくりと」閉じられてこの曲も終わります。最後にlentementを長々と引き延ばして歌うところは、言葉の音声的な面と意味の面がドッキングされています。日本語でこの単語がこんな風に歌われているところを想像してみてください。聴くからに笑いを誘います。《月並み》には、他にも「ホテル」「ヴァロンの小さな沼」「パリへの旅」「すすり泣き」といった味わい深い作品がありますので、ぜひ全曲を通して聴いてみてください。

2. モンパルナス

対訳 p.86　CD 30, 31

　アポリネールの詩によるプーランクの歌曲をもう一曲聴きましょう。「モンパルナス」は、アポリネールが1911年から翌年にかけて書いた詩です。ふわふわ漂うような言葉が並べられ、チラシを配る髭を生やした天使が登場するなど、コミカルな印象も与えますが、ロマンティックな情趣も漂います。面白いのは次々に変化する視点の切り替えで、ホテルの扉から、そのそばに立つ天使（＝「ドイツの叙情詩人」）の描写へと視点が移り、最後にはその目が「冒険へ飛び出してゆく」風船のように見える、といったように、自由連想法的に映像が切り替わっていく手法はまるで手の込んだアニメーションを見ているようです。内容はややとりとめがなく、様々なイメージが次々とあふれ出すような印象を与えます。後半にはかろうじて脚韻の名残のようなものがあります(pavé/rêvez, marche/Garches, longs/blond/ballons, pur/aventureなど) が、音節数はバラバラで、句読点もありません。

　ガルシュ（Garches）とはパリ郊外の町の名前で、画家ピカビアの妻で前衛音楽家ガブリエルの家があり、アポリネールは日曜によく訪れたのだそうです。アポリネールの詩には、特定の「場所」を扱ったものが多くあります。「ミラボー橋」をはじめ、この詩でもパリやモンパルナスといったローカルな地名がありますが、これはそういった地名によって読者に特定のイメージを固定させるためではなく、地名が他の単語との相互作用を受けながら醸し出されていく情緒そのものを彼が重視していたからのようにも感じられます。

　詩とは、アポリネールにとって何だったのでしょうか。彼が詩によっては脚韻や音節を無視するわけではないのは、彼の中で詩とはまず日常のそこかしこ

にあふれる「歌」（どちらかといえば「鼻歌」）だったからではないでしょうか。彼が句読点を排したのは、詩をより日常的な話し言葉に近付けるためでもありました。一般に、書き言葉での句読点は、論理の流れを明快にするという役割がありますが、一方で話し言葉は言い換えや繰り返し、あるいは飛躍など、句読点的な区切りとは別の論理に従っています。アポリネール自身が述べるところによれば、詩の中の真の区切りは「リズムそのものや行の切り方」にあるのであって、句読点の区切りにあるのではないのです。彼の詩は、言葉がひとりでに歌い始め、「あてどなく」（à l'aventure）冒険へ乗り出すことを望みました。そう、まるで「モンパルナス」の２つの風船のように。のちのシュルレアリスムが引き継いだのは、まさにこの言葉の「自由闊達さ」の追求だったのではなかったでしょうか。

　歌曲「モンパルナス」の完成は1945年で、「ハイド・パーク」（Hyde Park）とともに《ギヨーム・アポリネールの２つのメロディ》（*Deux Mélodies de Guillaume Apollinaire*）としてまとめられました。比較的筆の早いはずのプーランクが、最初の構想から４年もかけてこの曲を書いたといいますから、その思い入れの強さがうかがわれます。その甲斐もあってか、この曲はプーランクの歌曲の中でも特に旋律の美しいものとなり、作曲者自身も大のお気に入りの作品となりました。彼はこの詩に「ピカソ、ブラック、マティス、モディリアーニなどを思い起こさせるものがある」と述べていますが、アポリネールがこの詩を書いたのは、彼らのようないわゆる「エコール・ド・パリ」の画家たちがパリのモンパルナスで芸術家たちの共同体を形成し始める揺籃期においてでした。その後、1920年代にかけて、モンパルナスは世界中からさまざまな芸術家たちが集う地となります。この時期、第一次世界大戦後の好景気を反映してパリは未曽有の賑わいを見せ、いわゆる「狂乱の時代」（Les Années folles）を迎えますが、モンパルナスはその象徴的な場所でした。
　1929年の世界大恐慌、その後のナチス・ドイツの台頭とパリ占領といった事態を背景として、芸術家たちの共同体としてのモンパルナスは、次第に解体へと向かいます。第二次世界大戦の真っただ中にこの曲を書いたプーランクの胸裏には、この失われた時代を惜しむ気持ちもどこかにあったことでしょう。彼は、アポリネールがこの詩を書いて30年余りの後にモンパルナスに流れた空気まで丸ごと音楽の中に取り入れ、そこにすでに全盛期を過ぎた時代へのノスタルジーを反映させているように感じられます。
　プーランクは、彼がパーソナリティーを担当していたラジオ番組の中で、ア

ポリネールが自作の詩を朗読するのを聴いて、彼の詩にはたとえアイロニー（皮肉）が含まれていても、そこにはつねにメランコリー（憂鬱）があることを悟ったと述べています[20]。アポリネールの戯曲『ティレジアスの乳房』はシュルレアリスムの先駆的な作品ですが、プーランクがこれをオペラ化した作品にも、彼の感じたこの２つの要素がふんだんに盛り込まれています。

3．パブロ・ピカソ　　対訳 p.87　　CD 32, 33

その戯曲『ティレジアスの乳房』の序文でアポリネールが最初に用いた「シュルレアリスム」（surréalisme）という言葉を、のちのアンドレ・ブルトンらは批判的に継承して用いました。アポリネールはこの言葉を、単純に現実を「超えた」（sur）ものを探究する姿勢として捉えましたが、ブルトンらが探究するのは現実を離れた現象ではなく、たとえば夢のように現実と「接した」（sur）現象だったのです。1924年に出されたブルトンの『シュルレアリスム宣言』には、「私は、夢と現実という、外見はいかにもあいいれない２つの状態が、一種の絶対的現実、いってよければ一種の超現実のなかへと、いつか将来、解消されてゆくことを信じている[21]」とあります。このような宣言とともに始まったシュルレアリスム運動は、日常的に考えられている現実とは別の現実を発見しようとするものでした。

ポール・エリュアール（Paul Éluard, 1895-1952）は、アンドレ・ブルトンとともにシュルレアリスム運動を担った重要な詩人です。いまでも愛唱されている「魚」（Poisson）や「恋する女」（L'Amoureuse）などといった詩の多くは、当時の恋人ガラを意識した初期の詩篇ですが、その後シュルレアリスム運動に参加して、第二次世界大戦中はレジスタンスに加わり、1942年には共産党に入党します。その作品は多く、生涯に詩集にして30冊以上、2000篇もの詩を書いたと言われています。彼の詩は早くから翻訳され、日本の現代詩人にも多くの影響を与えています。生涯、詩以外のものを書かなかったとされるエリュアールですが、彼が求めたのは、自らが置かれた時代や世界の状況というさまざまな条件の中──つまり、不自由さ──の中でなおも活動を行い続ける芸術

---

[20] Poulenc, *À bâtons rompus : Écrits radiophoniques*, Actes Sud, 1999, p. 197.
[21] アンドレ・ブルトン『シュルレアリスム宣言・溶ける魚』巌谷國士訳、岩波文庫、1992年、26ページ。

家の究極的な「自由」でした。1942年に反ナチスの意志を持って書かれ、イギリス空軍によってフランスにばら撒かれた「自由」(Liberté)という強烈なレジスタンス詩も——これにはプーランクが1944年に音楽を付けました——、この気持ちの表れだったのです。彼の参加したさまざまな運動は、そのような「自由」を実現するための過程に過ぎなかったのかもしれません。

　エリュアールはプーランクが最も親しく交わった詩人の一人で、その詩に作曲された歌曲も数ではアポリネールに迫ります[22]。《ポール・エリュアールの5つの詩》(Cinq Poèmes de Paul Éluard, 1935)、合唱曲《7つの歌》(Sept Chansons, 1936)、《こんな日こんな夜》(Tel jour telle nuit, 1937)、《燃える鏡》(Miroirs brulants, 1938-39)、カンタータ《人間の顔》(Figure humaine, 1943)、《冷気と火》(La Fraîcheur et le feu, 1950)などがあります。

　ここで取り上げる歌曲集《画家の仕事》(Le Travail du peintre, 1956)は、詩人エリュアール、音楽家プーランク、そして数々の同時代の画家たちが一堂に会したかのような贅沢な作品です。多くのシュルレアリストのご多分にもれず、エリュアールはピカソ、サルバドール・ダリ、イヴ・タンギー、マックス・エルンストなど、画家との交流が深く、シュルレアリスムに縁の深い画家(キュビストなど)を取り上げて詩を捧げています。「画家の仕事」とは、もともとエリュアールがピカソに捧げた7章からなる詩のタイトルでした。プーランクは、まずこの最初の1章に作曲しますが、さらにマルク・シャガール、ジョルジュ・ブラック、フアン・グリス、パウル・クレー、ジョアン・ミロ、ジャック・ヴィヨンを取り上げたエリュアールの詩に作曲した歌曲集を《画家の仕事》として出版しました。1956年、エリュアールの死後4年のことです。

　まずは、詩の「パブロ・ピカソ」を巻末の対訳でじっくり味わうことにしましょう(前述したように、これは原詩の一部です)。ピカソの特定の絵を描写した詩というわけではなさそうですし、言葉から何とかイメージを手繰り寄せていくしかありません。この詩は「このレモンを不定型の卵白で囲め／この卵白をしなやかで上質な蒼色で包め」といきなり命令口調で始まりますが、レモンを卵白で囲むとか、卵白を蒼色で包むといった不思議な表現は、たとえばエリュアールのかつての詩集『愛・詩』(L'Amour la Poésie, 1929)の一節「地

---

[22] プーランクは「自分の墓に『アポリネールとエリュアールの音楽家フランシス・プーランク、ここに眠る』と書いてもらえれば一番光栄だろう」と述べています(Poulenc, Journal de mes mélodies, p. 39)。

球はオレンジのように青い」(La terre est bleue comme une orange) を思わせます。オレンジから通常イメージされる色は「青」ではありませんが、このように私たちが普段想像し慣れていないイメージの結び付きによって、エリュアールは「外見はいかにもあいいれない２つの状態の解消」(ブルトン) を実現しようとするのです。

　二人称の「君」はピカソのことでしょう。１行の音節は一定ではありませんが、偶数を基調としたものです。脚韻は踏まれていません。１行の音節数が長く、文としては主語や述語の関係もはっきりしているので、決して読みにくい詩ではありませんが、それだけに軽やかさとは無縁で、むしろのしかかってくるような重々しさを感じさせます。第３詩節の「なぜ〜であってはいけないのか」(Pourquoi pas ...) の畳みかけも、この画家の尊大な感じが大いに出ています。

　プーランクが作曲した《画家の仕事》第１曲の「パブロ・ピカソ」は、詩から受け取れるこのようなピカソのイメージをさらに音楽で強調しています。たとえば、２曲目の「マルク・シャガール」には漂うような浮遊感があるのですが、ここには全くそのようなものはなく、ピカソの絵の持つ、有無を言わせぬ表現の説得力や筆致の激しさを思わせます。この曲の最初の主題は、1957年に初演されたプーランクのオペラ《カルメル会修道女の対話》(*Dialogues des carmélites*) の登場人物である修道院長マリーの主題と共通していることを作曲者自身が明かしています。プーランクが感じたピカソの傲慢な性格は、オペラの中の人物マリーにも重ね合わされているようです。最後の「諦めてしまう」(renonce) の前の休符によって、ピカソの横柄な態度はさらに強調されているのだということです。

　もちろん、こういった描写から私たちが受け取ることができるのは、ピカソへの皮肉ではなく、むしろこの愛すべき偉大な画家に対する尊敬の念や微笑ましいまなざしです。ピカソのみならず、ここで取り上げられた画家たちすべてにとって、エリュアールの詩とプーランクの音楽は、最高のプレゼントだったに違いありません。

4.「C」　　　　　　　　　　　対訳 p.88　CD 34, 35

　ルイ・アラゴン (Louis Aragon, 1897-1982) はパリ生まれの詩人です。第一次世界大戦での従軍時にアンドレ・ブルトンに出会い、戦後、ブルトン、スーポーと『文学』誌を創刊、ダダイズム運動に参加します。のち、シュルレア

リスム運動の中心人物の一人となり、詩集『永久運動』(Le Mouvement perpétuel, 1926) などを発表します。1928年頃、恋愛事件をもとに自殺未遂を起こしますが、ロシア生まれの女性エルザ・トリオレに出会ったことで立ち直ります。のちに妻となったこのエルザにアラゴンは多くの詩を捧げています。1930年以後はシュルレアリスムから離れ、共産党員になります。第二次世界大戦時は前線に志願し、除隊後は対独レジスタンスに参加して抵抗詩を書き続けます。戦後はコミュニスト知識人の代表とされ、詩だけでなく小説やエッセイなど、膨大な作品を残しました。

　アラゴンは音節や脚韻などの規則は必ずしも捨てておらず、古典的な定型詩も多く手掛けています（ちなみに、アラゴンの親友であったレオ・フェレは彼の詩に多くの曲を付けて歌いました）。ここで読む「C」は戦争、詩、愛を主題とした詩集『エルザの瞳』(Les Yeux d'Elsa, 1942) からの1篇です。1939年にエルザと結婚したアラゴンは、第二次世界大戦の勃発後、すぐに動員されます。1940年6月、フランスがナチス・ドイツ軍に占領されると、今度は対独レジスタンスとして活動を行います。「C」はそのような時期に書かれた詩で、この詩の舞台は、フランス西部のロワール川沿いにあるレ・ポン＝ドゥ＝セ (Les Ponts-de-Cé) という名の町です。4つの橋 (ponts) を中心に集落があり、戦略上の要衝としてたびたび戦場となってきましたが、アラゴンがこの詩を書いた後の1944年にもドイツ占領撤退の際の激戦で大きな打撃を受けたといいます。みずから対独レジスタンスに参加したアラゴンの戦争に対する抵抗の詩であることは明白です。

　1行8音節からなる2行詩が9つ連なる定型詩ですが、一読して、あるいは朗読をお聴きになってすぐにお分かりのように、各行がすべて「セ」[se] の韻を踏むという特徴的な詩形です。畳韻法や半諧音の響きも大変豊かで、はっきりしたメッセージ性と、詩としての形式美が見事に調和しています。翻訳だけでは決して汲み取ることのできない詩の醍醐味がここにあります。

　「セ」の橋を渡る「僕」が過去の風景に思いを馳せるところからこの詩は始まり（「そこがすべての始まりだった」）、第2詩節から第5詩節にかけて、詩人はこの地域で紡がれてきた長い歴史の中の人々の息遣いを「唄」として感じ取ります。第6詩節で彼が「冷たいミルクのように」飲むのは、このレ・ポン＝ドゥ＝セで行われてきた殺戮の歴史の叙事詩です。詩人の視点は、第7詩節から最終詩節にかけてフランス全土にまで広がり、ドイツ軍によるフランス占領とそれに対する抵抗とで荒廃した現在のフランスをじっと見つめます。「ああわがフランス　ああ見捨てられたものよ」という叫びは、この戦争を経験し

ていない人間にも悲痛に響き、そこには沸々と湧きあがる怒りさえ感じられます。

　『エルザの瞳』の出版からほどなくして、プーランクはここから2篇の詩を選び、《ルイ・アラゴンの2つの詩》(*Deux Poèmes de Louis Aragon*, 1943)を作曲しました。「C」はこの曲集の1曲目にあたりますが、彼の音楽から感じられるのは、原詩から感じられる憤りよりはメランコリックな悲哀です。第5詩節の「永遠のフィアンセが／踊りにやってくる草原」の箇所は、楽譜では「限りなく甘美に」(infiniment doux)と指示され、束の間の安らぎをもたらしてくれますが、すぐに陰鬱な気分に戻されます。第8詩節の「そして弾丸が抜かれた武器と／ぬぐい切れない涙」でも同じ旋律が回想されますが、「限りなく甘美に」の指示はなく、以前の甘美さは失われています。最後の「ああわがフランス ああ見捨てられたものよ」に至り、「見捨てられた（フランス）」(délaissée)の語尾が下降する箇所は、特に聴く人にショックを与えます。休符を経て、どこか茫然自失したような「僕はセの橋を渡った」が歌われたあと、ピアノの重々しい和音で曲は閉じられます[23]。

　この曲集の2曲目は「艶なる宴」(Fêtes galantes)という、ワトー／ヴェルレーヌ風のタイトルの詩に付されたものですが、こちらは「C」の余韻をわざわざぶち壊しにしてしまうような、コミカルな音楽となっています。プーランク自身、この曲を日本で言うところの「100円ショップ」的な音楽だと書いていますが[24]、実はこれはドイツ占領下のパリの鬱屈した様子を皮肉った詩です。アラゴンのこうした詩を用いてプーランクが作曲を行ったのは、1つにはもちろん当時の時代の空気を巧みに描きだしたこの詩人への多大なる共感があったからでしょう。プーランクは政治的な発言を残した作曲家では決してありませんが、先にも述べたラジオ番組の中でも、「芸術家は現実のさまざまなできごとから離れてはならない」と述べています[25]。ただ、考えられるもう1つの理由としては、アポリネールにおけるのと同様、アイロニーとメランコリーがどちらもアラゴンの詩の重要な要素だとプーランクが考えていたということもあるようです。そしてこの2つの要素が、そのままプーランク自身の音楽性の特徴でもあったことは言うまでもありません。

---

[23] 最後の和音が変イ長調になっていることから、ここに（未来への）希望を見る人もいます。
[24] Poulenc, *Journal de mes mélodies*, p. 42.
[25] Poulenc, *À bâtons rompus : Écrits radiophoniques*, p. 197. 先に述べた、エリュアールの有名な抵抗詩「自由」のためにプーランクがカンタータ（《人間の顔》*Figure humaine* 終曲）を作曲したのは、この「C」が書かれたのと同じ1943年のことでした。

5. 愛への小径　　　対訳 p.89　　CD 36, 37

　やや重い詩や歌が続きましたので、最後は軽やかに終わりましょう。「愛への小径」(Les Chemins de l'amour) の作詞者ジャン・アヌイ (Jean Anouilh, 1910-87) は、詩人というよりはむしろ脚本家・劇作家として知られています。若い頃に劇作家ジャン・ジロドゥの影響を強く受け、演劇の道に入りました。ドイツ占領下のフランスにおけるナチスへの協力（コラボラシオン）を暗に批判したと言われる、ソフォクレスの翻案『アンティゴーヌ』(1944) が代表作とされます。「愛への小径」は、アヌイの戯曲『レオカディア』のためにプーランクが1940年に作曲した舞台音楽の一部です。「歌われるワルツ」(Valse chantée) というサブタイトルがついており、この曲だけを取り出して単独で歌われることがほとんどです。初演は両大戦間期の稀代の花形女優であり歌手であるイヴォンヌ・プランタン (Yvonne Printemps, 1894-1977) が務めました。

　この曲に関して詩の形式云々を述べるのはもはや野暮でしょう。劇中歌として書かれた詩らしく、音節数にも特に規則性はなく、伝統的な詩法を意識したものとは言えません。脚韻らしきものはありますが、それもあくまで語調を整える程度の役割です。プーランクの美しい楽曲で歌われてこそ真価を発揮する詩と言えましょう。すでに失われた恋の思い出を哀惜しながら、その思い出を胸に少しずつ前へ歩んでいこうとする歌です（どこか浪花節的だと思ってしまうのは私だけでしょうか）。いわゆる「サビ」を持つシャンソンということもあり、俗っぽさもこの曲の魅力の1つです。プーランクのメロディセンスに見事にハマった薫り高い名曲で、リサイタルのアンコール・ピースとしても定番です。「フランスの詩と歌」をめぐる航海の終わりに、皆さんもぜひゆったりと力を抜いて、「歌われるワルツ」の美しい旋律に浸ってください。

おわりに

　本書は、2010年の10月から11月にかけて、東京藝術大学の千住校地で催された全4回の文化講座「フランスの詩と歌の愉しみ」（アートリエゾンセンター主催）の内容を元に、取り上げた詩や曲を一部変更して書き下ろしたものです。この文化講座は、東京都足立区に在勤・在学・在住の方を対象にし、声楽を専攻する藝大生による歌曲演奏を聴いていただきながら、フランス語で書かれた詩と音楽の関係について私が解説したものでした。熱心な受講生の方々の反応からはこちらも大いに刺激を受けたものです。その後、大学院音楽研究科音楽音響創造科の西岡龍彦先生からこの本の出版企画のお話を頂き、大学院三専攻（声楽科、音楽音響創造科、音楽文芸）の合同企画として東京藝術大学出版会の予算を頂く形で、本書刊行の運びとなりました。

　朗読や歌曲演奏の録音は千住校地のスタジオAとBを用い、何日間にも渡って綿密に行われました。本書の最も新しい点は、おそらく詩の朗読と歌曲の演奏が並行して収録されているこのCDでしょう。読者の皆様にはフランス語の響きに親しんでいただき、朗読と歌曲の違いや、両者の結合の度合いを耳から感じ取っていただければ幸いです。本文の方は、互いに関係を持ち合いながら、傑作の数々が生まれていった詩と歌曲の関係を時代順になるべく分かりやすく記述しようと努めました。もっとも、本書で扱ったのはそのごく一部に過ぎません。詩の方ではロマン派の詩やルコント・ド・リール、バンヴィルなどの高踏派の詩、あるいはマラルメなども取り上げたかったところです（そもそも、音楽になっていない名詩の数は膨大なものです）。音楽面においても、たとえばフォーレとドビュッシーがヴェルレーヌの同じ詩に作曲している名作は他にもありますし（「マンドリン」「ひそやかに」「やるせなき恍惚」「グリーン」）、プーランク以外の19世紀末から20世紀にかけての作曲家（たとえばルーセルやラヴェル）を全く取り上げることができなかったのもやや心残りです。のみならず、浅学な徒のこと、思わぬ誤解や間違いもあるかもしれません。読者諸氏のご叱正を賜りたい所存です。

　本書を締めくくるにあたり、詩の言葉とは何なのかについて少し考えてみたいと思います。日常の言葉はつねに何かの代用品であることを免れません。たとえば日常での「新聞を取って」という言葉は、「新聞を読みたいから取って

ほしい」という要求（＝意味）を伝えるための代理手段に過ぎず、用が済めばその場で消えてしまいます。一方、詩の言葉はひとたび人の心に届けばいつまでも残り、その人の中で折に触れて反復されます。とはいえ、詩の言葉は日常のそれと完全に断絶しているわけでもありません。「新聞を取って」という言葉は、もし今はもうこの世にいない大切な人が発した言葉だとすれば、残された人にとって何がしかを意味するのかもしれません。そうした言葉に似たどこかに詩の言葉は位置します。詩作とは言わば、日常の言葉の延長線上にありながら、それでは決して表しきれないものに、表しきれないまま、なおも言語で触れようとする試みなのです。アルゼンチン出身の作家・詩人だったホルヘ・ルイス・ボルヘスが以下のように述べているのは、まさにそのことではないでしょうか。

> 私の信ずるところでは、生は詩から成り立っています。詩は、ことさら風変わりな何物かではない。（中略）詩はそこらの街角で待ち伏せています。いつ何時、われわれの目の前に現れるやも知れないのです[25]。

　しかし、それと同時に、詩とは意識的に作りあげていくものでもあります。マラルメの残した有名な言葉に、「詩は霊感で作るのではなく、技術で作るのだ」というものがあります。詩作とは、たくさんの使い古された言葉の中から、ふるいにかけるように純度の高いものを拾い上げ、これまでとは別のリズムの、別の呼吸の言葉を組み立てることです。詩でなければ表現できない「声」を、一定の技術によって生み出すことです（ちなみに詩（ポエム）の語源は、ギリシア語で「作ること」を表す「ポイエーシス」poïesisです）。私たちがこれまで見てきたフランス語の詩にも、そうした「声」があったように思います。

　そのような「声」としての詩を前にして、音楽はどのような位置を占めるのでしょうか。詩とはそもそも言葉だけで完結する言語芸術です。特に、すでに音楽的である詩の多くにとっては、そこに固有のリズムとでも言えるものがあります。そういった詩に対して作曲家が付ける音楽は、もしかすると蛇足だと感じられるかもしれません。確かに、いかに優れた音楽が詩に付けられようと、その音楽は二次的な創作物であることから免れることはできないでしょう。これは詩と音楽の関係を考える上でつねについて回る一種のジレンマです（ドビュッシーのような作曲家は、特にこうしたジレンマに自覚的でした）。

---

[25] J.L.ボルヘス『詩という仕事について』鼓直訳、岩波文庫、2011年、9ページ。

◆ おわりに

　それでも、優れた音楽が付されることで、詩に一種の化学変化、あるいは別の味付けが生じることもまた、実感としては確かなようにも思えるのです。これは、優れた文学批評が、それ自体で1つの創造的な文学作品にもなり得ることに似ています。優れた音楽による詩の解釈は、もしかしたら詩が敢えて言わないでおいたことを、あるいは言い得なかったことを、その新たな表現において補完し、新たな魅力を私たちに教えてくれるのです。本書をお読みになり、CDをお聴きになった皆さんご自身がそのような魅力の片鱗を感じてくださったのなら幸いです。このささやかな本が皆さんの詩や歌曲への関心を呼び覚ますきっかけとなるのであれば、これに勝る喜びはありません。

　最後に、この企画の立案者であり、こちらの多くの要求に柔軟に対応してくださった西岡龍彦先生、歌曲の録音に際し熱心に学生達に歌唱指導をしてくださった永井和子先生、太田朋子先生（太田先生からはフランス歌曲に関する記述へのご意見も多数いただきました）、詩の朗読と学生の発音指導を引き受けてくださり、フランス語に関する数々の質問にも答えてくださったエリック・ヴィエル先生、女声による朗読者ルイーズ・モンテーヌさん、原稿下読みの末、フランス詩についてのアドバイスを多数くださった倉方健作さん、歌曲や朗読の録音・編集作業を担当してくださった亀川徹先生、そのもとで助手を務めてくれた斎藤峻さんと椎葉爽さん、素晴らしいピアノ演奏をしてくださった佐藤文雄さん、そして次世代の声楽界を担う若き歌い手である井口達さん、勝見巴さん、金炫伊さん、髙橋維さん、谷地畝晶子さんに厚く御礼を申し上げます。

2012年9月　大森晋輔
（肩書等は当時のものです）

参考文献

　個々の詩や詩人、作曲家についての参考書は原詩や翻訳、研究書に当たっていただくことにして、ここでは主に、フランスの詩や歌曲を鑑賞する上でみなさんが参考になると思われる文献だけを挙げておきます。

■詩法・詩論
『フランス詩法』上・下、鈴木信太郎、白水社、1950／1954年（新装復刊版：2008年）。
『フランス詩法』ピエール・ギロー、窪田般彌訳、白水社（クセジュ文庫）、1971年。
『フランス詩法概説』モーリス・グラモン、杉山正樹訳、駿河台出版、1972年。
『フランス詩法　リズムと構造』ジャン・マザレラ、滝沢隆幸ほか訳、1980年。
『やさしいフランス詩法』杉山正樹、白水社、1981年。

■フランス文学史、詩のアンソロジー
『フランス文学史』田村毅・塩川徹也編、東京大学出版会、1995年。
『フランス文学講座』第3巻「詩」、福井芳男ほか、大修館書店、1979年。
『フランス詩の歴史』ジャン・ルースロ、露崎俊和訳、白水社（クセジュ文庫）、1993年。
『フランス詩の散歩道（新版）』安藤元雄、白水社、1996年。
『ミラボー橋の下をセーヌが流れ（新版）』窪田般彌、白水社、1996年。
『フランス名詩選』安藤元雄・渋沢孝輔・入沢康夫編、岩波文庫、1998年。
『フランス詩大系』窪田般彌編、青土社、1989年（新装版：2007年）。
『フランス詩のひととき　読んで聞く詞華集』吉田加南子、白水社、2008年。
『百年のフランス詩　ボードレールからシュルレアリスムまで』山田兼士、澪標、2009年。

■フランス歌曲についての文献
Histoire et poétique de la mélodie française, Michel Faure et Vincent Vivès, Préface de François Le Roux, Paris, CNRS, 2000.
A French Song Companion, Graham Johnson & Richard Stoke, New York, Oxford University Press, 2000.
『フランス歌曲の演奏と解釈』ピエール・ベルナック、林田きみ子訳、音楽之友社、1987年。
『フランスの詩と歌』（1954）齋藤磯雄、『齋藤磯雄著作集』第二巻の2、東京創元社、1991年。
『詩話・近代ふらんす秀詩鈔』（1972）齋藤磯雄、『齋藤磯雄著作集』第二巻の1、東京創元社、1991年。
『歌う！　ボードレール』山田兼士、同朋舎、1996年。
『フランス歌曲集』村田健司編、ドレミ楽譜出版社、2001年。
『対訳 フランス歌曲詩集』京都フランス歌曲協会・山田兼士編、彼方社、2002年。
『ドイツ歌曲とフランス歌曲』エヴラン・ルテール、小松清・二宮礼子訳、白水社（クセジュ文庫）、2006年。
『フランス歌曲の珠玉　深い理解と演奏のために』フランソワ・ル・ルー＆ロマン・レイナルディ、美山節子・山田兼士訳、春秋社、2009年。

演奏者・企画協力者プロフィール

【企画・制作】

大森晋輔（東京藝術大学音楽学部　言語芸術講座／大学院音楽研究科音楽文化学領域音楽文芸分野教授）
永井和子（東京藝術大学音楽学部　声楽科教授）
西岡龍彦（東京藝術大学名誉教授）

――――――――――――――――― ＊　＊　＊ ―――――――――――――――――

執筆：大森晋輔
　20世紀フランス文学・思想研究に加え、19世紀以降の文学と音楽との関係についての考察を進めている。著書：『ピエール・クロソウスキー　伝達のドラマトゥルギー』（左右社、2014年）、翻訳：ブノワ・ペータース『デリダ伝』（共訳、白水社、2014年）、オード・ロカテッリ『二十世紀の文学と音楽』（文庫クセジュ、白水社、2019年）など。

――――――――――――――――― ＊　＊　＊ ―――――――――――――――――

(以下の肩書等の情報は2014年当時のものです)
朗読・フランス語発音指導：エリック・ヴィエル
　1971年、フランス・ブルゴーニュ生まれ。スペイン語・言語学専攻。1997年来日、NHK語学番組に出演。早稲田大学非常勤講師、日仏学院講師、2010年より東京藝術大学言語音声トレーニングセンター助教。

朗読：ルイーズ・モンテーヌ
　フランス・ボルドー生まれ。リール第3大学、パリ第7大学にて日本語を学ぶ。パリのエコール・フロランにて演劇を学び、またダンスやバレエを学ぶ。10年以上前から、フランス語教授資格（FLE）を持つ教師として、現在、日仏学院講師、セント・メリーズ・インターナショナル・スクールのフランス語担当、早稲田大学非常勤講師。フランス語教科書『Spirale』（Hachette）、NHKラジオフランス語講座、東京FM Day of Earth、ORANGE RANGE「お願い！セニョリータ」など、さまざまな分野でナレーションを担当。フランス、日本での短編映画にも出演。

――――――――――――――――― ＊　＊　＊ ―――――――――――――――――

ソプラノ：金　炫伊　KIM Hyunei
　韓国ソウル出身。韓国延世（ヨンセ）大学音楽学部声楽科卒業。卒業時に優秀賞を受賞。韓国で白新中学校の音楽教師歴任。東京藝術大学大学院修士課程修了。第4回長神大学音楽コンクール優秀賞を受賞、第5回湖神大学音楽コンクール、第6回監神大学音楽コンクール、第7回ソウルフィルハーモニー主催全国音楽コンクールで入賞。芸大Art Path 2010に出演。陶酔のパリ・モンマルトルに参加。2011GTS音楽コンサートに出演。第10回チェコ音楽コンクールで入賞。第4回清里の森「涼風祭」でリサイタル。これまでに声楽を河井弘子、永井和子の各氏に師事。

ソプラノ：髙橋　維　TAKAHASHI Yui
　新潟県出身。東京学芸大学B類音楽科卒業、同大学大学院音楽教育専攻音楽コース修了。東京藝術大学大学院修士課程独唱専攻修了。二期会オペラ研修所第56期マスタークラス修了。修了時に奨励賞、優秀賞受賞。第44回新潟県音楽コンクール大賞受賞。《愛の妙薬》アディーナ役、《ラ・ボエーム》ムゼッタ役、《こうもり》アデーレ役等でオペラに出演する他、ベートーヴェン《第九》、ヘンデル《メサイア》、バッハ《コーヒーカンタータ》等のソリストとしても活躍している。日本フィルハーモニー交響楽団、藝大フィルハーモニア等のオーケストラと共演し、多数のコンサートに出演している。二期会会員。

メゾ・ソプラノ：勝見巴　KATSUMI Tomoe
　東京都出身。東京藝術大学音楽学部声楽科卒業。同大学院音楽研究科修士課程独唱専攻修了。現在、東京藝術大学大学院音楽研究科博士後期課程に在籍中。東京藝術大学卒業時に、同声会賞受賞、同声会新人演奏会に出演。サン＝サーンス《レクイエム》、モーツァルト《雀のミサ》にソリストとして出演。2009年、東京藝術大学奏楽堂モーニングコンサートにて、藝大フィルハーモニアと共演。2011年、イギリスにて、ブリテン＝ピアーズ・ヤング・アーティスト・プログラム マスタークラスを受講。声楽を内田裕子、寺谷千枝子、永井和子の各氏に師事。

アルト：谷地畝晶子　YACHIUNE Shoko
　岩手大学教育学部芸術文化課程音楽コース卒業。東京藝術大学大学院博士後期課程修了。第16回日仏声楽コンクール第1位。2012年度三菱地所賞受賞。第57回藝大メサイア、第28回台東区《第九》、第349回芸大合唱定期ベートーヴェン《ミサ・ソレムニス》のアルトソロ、第54回藝大定期オペラ《ファルスタッフ》クイックリー夫人を務める。声楽を佐々木まり子、佐々木正利、故磯貝静江、故朝倉蒼生、伊原直子、寺谷千枝子の各氏に師事。

バリトン：井口達　IGUCHI Tohru
　長野県出身。筑波大学人文学類を経て東京藝術大学音楽学部声楽科卒業。卒業時に同声会賞受賞。同大学大学院音楽研究科修士課程独唱科修了。藝大バッハカンタータクラブにて研鑽を積み、これまでにバッハの作品をはじめとして、《第九》《メサイア》など多くの宗教曲のソリストを務めた。オペラでは《ラ・ボエーム》、《ドン・ジョヴァンニ》、《ダイドーとエネアス》、《奥様女中》、《愛の妙薬》などに出演。声楽を吉江忠男、多田羅迪夫、吉田浩之の各氏に師事。

ピアノ：佐藤文雄　SATO Fumio
　東京都出身。武蔵野音楽大学器楽学科ピアノ専攻卒業。これまでピアノを新村美由紀、澤田勝行、建部美帆、森原京子、花岡千春の各氏等に師事。ピアノ伴奏法をG.バデフ、C.スペンサー、子安ゆかり、花岡千春の各氏に師事。2005年より、声楽とのアンサンブルリサイタルをルーテル市ヶ谷、めぐろパーシモンホール、女子パウロ会聖堂、トッパンホールに於いて開催。2007年にはフィリアホール、2009年には王子ホールにおいてソロリサイタルを開催。2011年には、紀尾井ホール、HAKUJUホール、大阪ムラマツホール、ザ フェニックスホール（大阪）においてリサイタルを開催。この他に声楽家とのリサイタル、コンクール、オーディションでのアンサンブルピアニストとして、オペラにおけるコレペティトゥールとして活躍。主にフランス近現代のピアノ曲と歌曲の演奏を中心に活動中。

* * *

演奏指導：太田朋子
　武蔵野音楽大学卒業、パリ・エコール・ノルマル音楽院修了。声楽をカミーユ・モラーヌ、エディト・セリグ、ドニーズ・デュプレクスに、オペラ演技をイヴ・ビッソン、ミシェル・ルウーの各氏に師事。1990年代はフランスを拠点にヨーロッパ各地で演奏、ことにプーラン

ク作曲《人間の声》の演唱はフランス国内の新聞紙上で高い評価をうけた。帰国後も各地でフランス近・現代歌曲を歌いその魅力の紹介に情熱を傾けている。帰国後リリースされたプーランク作品によるCDは雑誌『音楽の友』『ステレオ』で好評を得て発売。また、我が国でのフランスオペラ上演の際の原語指導ほか、各地の声楽研修所でフランス声楽曲の講座を担当する。日本声楽アカデミー、日本フォーレ協会各会員。桐朋学園大学・フェリス女学院大学及び東京藝術大学各講師。

録音・編集：亀川徹
　1983年、九州芸術工科大学音響設計学科卒業後、日本放送協会（NHK）に入局。番組制作業務（音声）に従事し、N響コンサートなどの音楽番組を担当するとともに、ハイビジョンの5.1サラウンドなど新しい録音制作手法の研究に携わる。2002年10月、東京藝術大学音楽学部に就任。音楽環境創造科と大学院音楽文化学専攻音楽音響創造で音響、録音技術について研究指導をおこなう。テレビや映画、ゲームなどのサラウンド音楽のミキシングを多数手がけている。また現在はサラウンド録音による空間表現についての研究や、公共空間における音楽の聞こえ方についての研究をおこなっている。

録音助手：斎藤峻、椎葉爽

マスタリング：藤田厚生（エフ）

画像協力：木村はるか

CD収録曲リスト

CD ────── この番号と本文中の **CD**00の番号は共通です。

01　朗読（抜粋）：シダリーズ（ネルヴァル）
02　朗読（抜粋）：アンドロマク（ラシーヌ）
03　朗読（抜粋）：秋の歌（ヴェルレーヌ）
04　朗読：リズミカルなヴィラネル（ゴーティエ）
05　ヴィラネル（ベルリオーズ）
06　朗読：夕暮れ（ラマルティーヌ）
07　夕暮れ（グノー）
08　朗読：（私の詩は逃れ去るでしょう……）（ユゴー）
09　私の詩に翼があるのなら（アーン）
10　朗読：夢のあとに（ビュシーヌ）
11　夢のあとに（フォーレ）
12　朗読：旅への誘い（ボードレール）
13　旅への誘い（デュパルク）
14　朗読：秋の歌（ボードレール）
15　秋の歌（フォーレ）
16　朗読：夕暮れの諧調（ボードレール）
17　夕暮れの諧調（ドビュッシー）
18　朗読（抜粋）：詩法（ヴェルレーヌ）
19　朗読：月の光（ヴェルレーヌ）
20　月の光（フォーレ）
21　月の光（ドビュッシー）
22　朗読：（白い月が……）（ヴェルレーヌ）
23　白い月が森に輝き（フォーレ）
24　妙なるとき（アーン）
25　朗読：（私の心に涙降る……）（ヴェルレーヌ）
26　憂鬱（フォーレ）
27　私の心に涙降る（ドビュッシー）
28　朗読：オルクニーズの歌（アポリネール）
29　オルクニーズの歌（プーランク）
30　朗読：モンパルナス（アポリネール）
31　モンパルナス（プーランク）
32　朗読：パブロ・ピカソ（エリュアール）
33　パブロ・ピカソ（プーランク）
34　朗読：「C」（アラゴン）
35　「C」（プーランク）
36　朗読：愛への小径（アヌイ）
37　愛への小径（プーランク）

朗読：エリック・ヴィエル（02・04・06・10・12・14・16・18・19・28・30・32）、ルイーズ・モンテーヌ（01・03・08・22・25・34・36）、ソプラノ：金炫伊（09・21・27）、髙橋維（07・11・23・35）、メゾ・ソプラノ：勝見巴（17・24・31・37）、アルト：谷地畝晶子（13・15・20・26）、バリトン：井口達（05・29・33）、ピアノ：佐藤文雄

歌詞対訳　訳：大森晋輔

CD 04・05

Villanelle rythmique[1]　　　　　　　リズミカルな田園詩（ヴィラネル）
　　　　　　Théophile Gautier　　　　　　　　　テオフィル・ゴーティエ

Quand viendra la saison nouvelle,　　　新しい季節がやってきたら、
Quand auront disparu les froids,　　　寒さがすっかりなくなったら、
Tous les deux, nous irons, ma belle,　　　二人で一緒にさあ行こう、僕の美しい人、
Pour cueillir le muguet aux bois ;　　　森のスズランを摘みに。
Sous nos pieds égrénant les perles　　　僕らの足元には真珠のような露が落ちて
Que l'on voit au matin trembler,　　　朝に揺れているのが見える、
Nous irons écouter les merles　　　僕らは聞きに行くんだ、つぐみたちが
　　　　　Siffler.　　　　　　　　　　　　ひゅうっと鳴くのを。

Le printemps est venu, ma belle ;　　　春が来たよ、僕の美しい人。
C'est le mois des amants béni,　　　祝福された恋人たちの時だ、
Et l'oiseau, satinant son aile,　　　鳥が、その羽をきらきらさせて、
Dit des[2] vers au rebord du nid.　　　巣の縁で詩を読むんだ。
Oh! viens donc sur le[3] banc de mousse　　　ああ！さあ苔むしたベンチへおいで、
Pour parler de nos beaux amours,　　　僕たちの素敵な恋について語ろうよ。
Et dis-moi de ta voix si douce :　　　そして君の優しい声でこう言ってごらん、
　　　　　Toujours !　　　　　　　　　　いつまでも！と。

Loin, bien loin, égarant nos courses,　　　遠く、ずっと遠くへ、寄り道をして、
Faisons fuir le lapin caché,　　　身をひそめた兎や、
Et le daim au miroir des sources　　　泉に自分の曲がった角を映して
Admirant son grand bois penché ;　　　見とれている鹿は逃がしてやろう。
Puis, chez nous, tout joyeux[4], tout aises,　　　そして僕らの家へ、愉しみくつろいで、
En paniers enlaçant nos doigts,　　　籠にかけた指をからませて、
Revenons rapportant des fraises　　　帰ろうよ、籠にいっぱいの
　　　　　Des bois.　　　　　　　　　　森の野いちごを持って。

---

[1] ベルリオーズによる変更：Villanelle rythmique → Villanelle
[2] ベルリオーズによる変更：des → ses
[3] ベルリオーズによる変更：le → ce
[4] ベルリオーズによる変更：joyeux → heureux

Le Soir

Alphonse de Lamartine

夕暮れ

アルフォンス・ド・ラマルティーヌ

Le soir ramène le silence.	夕暮れが静けさを連れて戻る。
Assis sur ces rochers déserts,	人気のない岩場の上に坐った
Je suis dans le vague des airs	私は大気の波の中で
Le char de la nuit qui s'avance.	忍びよる夜の馬車を追う。
Vénus se lève à l'horizon ;	宵の明星が地平線に昇り、
À mes pieds l'étoile amoureuse	私の足元で愛らしい星は
De sa lueur mystérieuse	神秘的な光で
Blanchit les tapis de gazon.	芝の絨毯を照らす。
Tout à coup détaché des cieux,	とつぜん空から放たれた
Un rayon de l'astre nocturne,	夜の天体の光線が、
Glissant sur mon front taciturne,	寡黙な私の額の上に滑りゆき、
Vient mollement toucher mes yeux.	私の眼に柔らかに触れる。
Doux reflet d'un globe de flamme,	燃え立つ星の優しい反映よ、
Charmant rayon que me veux-tu ?	魅惑的な光線よ、お前は私に何を願う？
Viens-tu dans mon sein abattu	打ちひしがれた私の胸のうちにやって来て
Porter la lumière à mon âme ?	私の魂に光明をもたらしてくれるのか？
Descends-tu pour me révéler	お前は私に世界の神秘を明かそうとして
Des mondes le divin mystère ?	降りて来るのだろうか？
Ces secrets cachés dans la sphère	やがて昼がお前を呼び戻す
Où le jour va te rappeler ?	球面に隠れたその秘密を明かしに？
Viens-tu dévoiler l'avenir	お前は未来を告げにやって来るのだろうか、
Au cœur fatigué qui t'implore ?	お前を乞い願う私の疲れた心に？
Rayon divin, es-tu l'aurore	神々しい光線よ、お前は
Du jour qui ne doit pas finir ?	終わりなき日の夜明けなのか？

CD 08・09

[Mes vers fuiraient...]
Victor Hugo

（私の詩(うた)は逃れ去るでしょう……）
ヴィクトル・ユゴー

Mes vers fuiraient, doux et frêles,
Vers votre jardin si beau,
Si mes vers avaient des ailes,
Des ailes comme l'oiseau.

Ils voleraient, étincelles,
Vers votre foyer qui rit,
Si mes vers avaient des ailes,
Des ailes comme l'esprit.

Près de vous, purs et fidèles,
Ils accourraient nuit et jour,
Si mes vers avaient des ailes,
Des ailes comme l'amour.

私の詩は逃れ去るでしょう、そっとはかなく、
あなたのあんなに美しい庭へと向かって、
私の詩に翼があるのなら、
鳥のような翼があるのなら。

私の詩は舞い上がるでしょう、火花となり、
笑いの広がるあなたの暖炉へと向かって、
私の詩に翼があるのなら、
精霊のような翼があるのなら。

あなたのそばへと、無垢で誠実な
私の詩は駆け寄るでしょう、昼となく夜となく、
私の詩に翼があるのなら、
愛のような翼があるのなら。

Après un rêve

Romain Bussine

Dans un sommeil que charmait ton image
Je rêvais le bonheur, ardent mirage,
Tes yeux étaient plus doux, ta voix pure et sonore,
Tu rayonnais comme un ciel éclairé par l'aurore ;

Tu m'appelais et je quittais la terre
Pour m'enfuir avec toi vers la lumière,
Les cieux pour nous entr'ouvraient leurs nues,
Splendeurs inconnues, lueurs divines entrevues.

Hélas ! hélas, triste réveil des songes,
Je t'appelle, ô nuit, rends-moi tes mensonges ;
Reviens, reviens, radieuse,
Reviens, ô nuit mystérieuse !

夢のあとに

ロマン・ビュシーヌ

君の映像に呪縛されたまどろみの中
僕は焼けつくような幻影としての幸せを夢見ていた。
君の瞳はさらに優しく、君の声は澄んで響いていた。
君は暁に光る空のように輝いていたのだ。

君は僕を呼んだ、すると僕は大地を離れ
君と光の中へ逃げていったのだ。
空は僕らのためにその雲をそっと開いてくれた。
垣間見えた未知の燦然たる輝き、神々しい仄かな光。

ああ！ああ、夢想からの哀しき目覚め、
僕はお前を呼ぶ、おお夜よ、返せ、お前の見せた幻を。
戻れ、戻れ、光り輝く君、
戻れ、おお神秘の夜よ！

L'invitation au voyage
Charles Baudelaire

  Mon enfant, ma sœur,
  Songe à la douceur
D'aller là-bas vivre ensemble !
  Aimer à loisir,
  Aimer et mourir
Au pays qui te ressemble !
  Les soleils mouillés
  De ces ciels brouillés
Pour mon esprit ont les charmes
  Si mystérieux
  De tes traîtres yeux,
Brillant à travers leurs larmes.

Là, tout n'est qu'ordre et beauté,
Luxe, calme et volupté.

  Des meubles luisants,
  Polis par les ans,
Décoreraient notre chambre ;
  Les plus rares fleurs
  Mêlant leurs odeurs
Aux vagues senteurs de l'ambre,
  Les riches plafonds,
  Les miroirs profonds,
La splendeur orientale,
  Tout y parlerait
  À l'âme en secret
Sa douce langue natale.

Là, tout n'est qu'ordre et beauté,
Luxe, calme et volupté.

旅への誘い
シャルル・ボードレール

 わが子よ、わが妹よ、
  思い浮かべてごらん、
向こうへ行き共に暮らす愉しさを！
  心ゆくまで愛し、
  愛して死ぬ
君によく似たあの国で！
  太陽は
  曇り空に湿り
私の心を魅惑する、
  謎めいた魅惑だ、
  まるで君の不実な眼が
その涙を透かして輝いているように。

向こうではすべてが秩序と美、
贅沢、落ち着き、そしてよろこび。

  年季で磨かれた
  つややかな家具が
私たちの部屋を飾ってくれるだろう。
  珍しい花々は
  その香りを
ほのかな竜涎の香りに交え、
  贅を尽くした天井、
  深みのある鏡、
東洋的な見事さ、
  すべてがそこで語ってくれる、
  心の中にひそやかに
ふるさとの優しいことばを。

向こうではすべてが秩序と美、
贅沢、落ち着き、そしてよろこび。

> デュパルクはこの箇所を削除

Vois sur ces canaux	ごらん、運河に
Dormir ces vaisseaux	眠るあの船たちを、
Dont l'humeur est vagabonde ;	放浪癖を持った船たちだ。
C'est pour assouvir	あれは君のどんなささいな
Ton moindre désir	望みも叶えるために
Qu'ils viennent du bout du monde.	世界の果てからやってきたのだ。
— Les soleils couchants	──沈む夕陽が
Revêtent les champs,	野をおおう
Les canaux, la ville entière,	運河を、町の全体を、
D'hyacinthe et d'or ;	赤褐色や金色で。
Le monde s'endort	世界は眠りこんでいる
Dans une chaude lumière.	熱気に満ちた光のなかで。

Là, tout n'est qu'ordre et beauté,	向こうではすべてが秩序と美、
Luxe, calme et volupté.	贅沢、落ち着き、そしてよろこび。

Chant d'automne

Charles Baudelaire

秋の歌

シャルル・ボードレール

I

Bientôt nous plongerons dans les froides ténèbres ;
Adieu, vive clarté de nos étés trop courts !
J'entends déjà tomber avec des chocs funèbres[1]
Le bois retentissant sur le pavé des cours.

じきにわれらは冷え冷えとした闇へと沈む。
さらば、あまりに短きわれらが夏の眩い光よ！
私にはもう聞こえる、陰気な衝撃とともに
中庭の敷石にたきぎが落ちて鳴る音が。

Tout l'hiver va rentrer dans mon être : colère,
Haine, frissons, horreur, labeur dur et forcé,
Et, comme le soleil dans son enfer polaire,
Mon cœur ne sera plus qu'un bloc rouge et glacé.

（フォーレはこの箇所を削除）

冬のすべてが私という存在に戻って来よう、怒り、
憎しみ、怯え、怖れ、強いられた辛い労苦、
そして極北の地獄で輝く太陽のように
私の心はもはや赤く凍った塊に過ぎなくなるだろう。

J'écoute en frémissant chaque bûche qui tombe ;
L'échafaud qu'on bâtit n'a pas d'écho plus sourd.
Mon esprit est pareil à la tour qui succombe
Sous les coups du bélier infatigable et lourd.

震えながら私は落ちる枝の一本一本を聞く
死刑台を建ててもこれほど鈍い木霊はすまい。
私の精神は崩れゆく塔のようだ、
疲れを知らぬ重い槌を何度も当てられて。

Il me semble, bercé par ce choc monotone,
Qu'on cloue en grande hâte un cercueil quelque part.
Pour qui ? — C'était hier l'été ; voici l'automne !
Ce bruit mystérieux sonne comme un départ.

心なしか、あの単調な衝撃に揺られていると
どこかで慌ただしく棺に釘を打っているようだ。
誰の棺？――昨日は夏だったが、いまや秋だ！
この謎めいた音は別れの合図のように鳴り渡る。

II

J'aime de vos longs yeux la lumière verdâtre,
Douce beauté, mais tout aujourd'hui m'est amer[2],
Et rien, ni votre amour, ni le boudoir, ni l'âtre,
Ne me vaut le soleil rayonnant sur la mer.

あなたの切れ長の目の緑がかった光を私は愛す、
優しい人よ、だが今日私にはすべてが苦い、
そして何一つ、あなたの愛も、閨房も、暖炉も、
海に光りを注ぐ太陽を私にもたらしてはくれぬ。

---

[1] フォーレによる変更：avec des chocs funèbres → avec un choc funèbre
[2] フォーレによる変更：mais tout aujourd'hui m'est amer → mais aujourd'hui tout m'est amer

Et pourtant aimez-moi, tendre cœur ! soyez mère,
Même pour un ingrat, même pour un méchant ;
Amante ou sœur, soyez la douceur éphémère
D'un glorieux automne ou d'un soleil couchant.

Courte tâche ! La tombe attend ; elle est avide !
Ah ! laissez-moi, mon front posé sur vos genoux,
Goûter, en regrettant l'été blanc et torride,
De l'arrière-saison le rayon jaune et doux !

フォーレはこの箇所を削除

でも私を愛してくれ、優しい心よ！母であれ、
恩知らずな者にも、心のねじけた者にも。
愛人でも妹でもよい、束の間の和みであれ、
栄えある秋の、あるいはまた落ちる陽の。

それも短い務め！墓が待つ、奴は欲深だ！
ああ！私の額をあなたの膝に乗せ、
白く焼けつく夏を惜しみつつ味わわせてほしい、
晩秋の黄ばんだ、優しい光を！

CD 16・17

Harmonie du soir
                              Charles Baudelaire

夕暮れの諧調
                              シャルル・ボードレール

Voici venir les temps où vibrant sur sa tige,
Chaque fleur s'évapore ainsi qu'un encensoir ;
Les sons et les parfums tournent dans l'air du soir ;
Valse mélancolique et langoureux vertige !

いまや来(きた)るそのとき、茎の上で震える
それぞれの花が香炉のように蒸発する。
音と香りは輪になって夕空に立ち昇る、
憂鬱なワルツと物憂げな眩暈！

Chaque fleur s'évapore ainsi qu'un encensoir ;
Le violon frémit comme un cœur qu'on afflige,
Valse mélancolique et langoureux vertige !
Le ciel est triste et beau comme un grand reposoir.

それぞれの花が香炉のように蒸発し、
ヴァイオリンは苦しめられた心のようにわななく、
憂鬱なワルツと物憂げな眩暈！
天は堂々たる聖体仮安置所のように悲しくも美しい。

Le violon frémit comme un cœur qu'on afflige,
Un cœur tendre, qui hait le néant vaste et noir !
Le ciel est triste et beau comme un grand reposoir ;
Le soleil s'est noyé dans son sang qui se fige.

ヴァイオリンは苦しめられた心のようにわななく、
広大かつ漆黒の虚無を憎む優しげな心のように！
天は堂々たる聖体仮安置所のように悲しくも美しい。
太陽はみずからの固まる血に溺れてしまった。

Un cœur tendre, qui hait le néant vaste et noir,
Du passé lumineux recueille tout vestige !
Le soleil s'est noyé dans son sang qui se fige...
Ton souvenir en moi luit comme un ostensoir !

広大かつ漆黒の虚無を憎む優しげな心は、
光り輝く過去から名残をみな寄せ集める！
太陽はみずからの固まる血に溺れてしまったが……
君の思い出は私の中で聖体顕示台のように輝く！

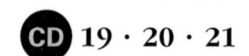

Clair de lune
Paul Verlaine

Votre âme est un paysage choisi
Que vont charmant masques et bergamasques,
Jouant du luth et dansant et quasi
Tristes sous leurs déguisements fantasques.

Tout en chantant sur le mode mineur
L'amour vainqueur et la vie opportune,
Ils n'ont pas l'air de croire à leur bonheur
Et leur chanson se mêle au clair de lune,

Au calme clair de lune triste et beau,
Qui fait rêver les oiseaux dans les arbres
Et sangloter d'extase les jets d'eau,
Les grands jets d'eau sveltes parmi les marbres.

月の光
ポール・ヴェルレーヌ

あなたの魂は選りすぐりの風景
その魂を魅惑してやまない仮面の数々、ベルガモの人々は
リュートを弾き、踊っているけれど、どこか
哀しげだ、その風変りな仮装の下で。

彼らは歌うよ、短調で
誇らしげな愛、日和見的な人生を。
でも自分たちの幸福など信じてはいないみたいだ、
そして彼らの歌は月の光へと混じる、

哀しくも美しい穏やかなる月の光へと、
その月の光は木々の鳥たちを夢見させ
噴水をうっとりとすすり泣かせる、
大理石の間からしなやかに吹き上げる大きな噴水を。

CD 22 · 23 · 24

[La lune blanche...]　　　　　　　　　（白い月が……）
　　　　　　　　Paul Verlaine　　　　　　　　　　ポール・ヴェルレーヌ

La lune blanche　　　　　　　　　白い月が
Luit dans les bois;　　　　　　　　森に輝き、
De chaque branche　　　　　　　　枝々から
Part une voix　　　　　　　　　　洩れる声が
Sous la ramée...　　　　　　　　　木陰に広がる……

Ô bien-aimée.　　　　　　　　　　ああ　恋人よ。

L'étang reflète,　　　　　　　　　池の水は
Profond miroir,　　　　　　　　　深い鏡、
La silhouette　　　　　　　　　　黒い柳の
Du saule noir　　　　　　　　　　影を映す
Où le vent pleure...　　　　　　　そこに風が泣く……

Rêvons, c'est l'heure.　　　　　　夢見よう、今はそのとき。

Un vaste et tendre　　　　　　　　広大な　優しげな
Apaisement　　　　　　　　　　　やすらぎが
Semble descendre　　　　　　　　天空から
Du firmament　　　　　　　　　　降りてくるようだ
Que l'astre irise...　　　　　　　その空を月が輝かせ……

C'est l'heure exquise.　　　　　　妙なるとき。

歌詞対訳

CD 25・26・27

[Il pleure dans mon cœur...[1]]　　　　　　（私の心に涙降る……）
　　　　　　Paul Verlaine　　　　　　　　　　　　ポール・ヴェルレーヌ

Il pleut doucement sur la ville.　　　　　街にそっと雨が降る。
　　　　（Arthur Rimbaud）　　　　　　　　（アルチュール・ランボー）

Il pleure dans mon cœur　　　　　　　私の心に涙降る
Comme il pleut sur la ville,　　　　　　街に雨が降るように、
Quelle est cette langueur　　　　　　　私の心に入り込む
Qui pénètre mon cœur ?　　　　　　　このやるせなさはなんだろう？

Ô bruit doux de la pluie　　　　　　　ああ、地に屋根に降り注ぐ
Par terre et sur les toits !　　　　　　あの雨の優しい音！
Pour un cœur qui s'ennuie　　　　　　倦怠にふさぐ心には
Ô le chant[2] de la pluie !　　　　　　ああ、あれはまさに雨の歌！

Il pleure sans raison　　　　　　　　いわれもなく涙降る
Dans ce[3] cœur qui s'écœure.　　　　　このげんなりとした心には。
Quoi ! nulle trahison ?　　　　　　　　何だって！何の裏切りもないと？
Ce[4] deuil est sans raison.　　　　　　この悲嘆にはいわれがない。

C'est bien la pire peine　　　　　　　まさに最悪の苦しみだ
De ne savoir pourquoi,　　　　　　　理由が分からないというのは、
Sans amour et sans haine,　　　　　　愛もなく憎しみもなく、
Mon cœur a tant de peine !　　　　　私の心はここまで苦しい！

---

[1] フォーレはタイトルを « Spleen »（憂鬱）としている。
[2] ドビュッシーによる変更：chant → bruit
[3] フォーレによる変更：ce → mon
[4] フォーレによる変更：Ce → Mon

Chanson d'Orkenise
Guillaume Apollinaire

Par les portes d'Orkenise
Veut entrer un charretier.
Par les portes d'Orkenise
Veut sortir un va-nu-pieds.

Et les gardes de la ville
Courant sus au va-nu-pieds :
« — Qu'emportes-tu de la ville ? »
« — J'y laisse mon cœur entier. »

Et les gardes de la ville
Courant sus au charretier :
« — Qu'apportes-tu dans la ville ? »
« — Mon cœur pour me marier. »

Que de cœurs dans Orkenise !
Les gardes riaient, riaient,
Va-nu-pieds la route est grise,
L'amour grise, ô charretier.

Les beaux gardes de la ville,
Tricotaient superbement ;
Puis, les portes de la ville,
Se fermèrent lentement.

オルクニーズの歌
ギヨーム・アポリネール

オルクニーズの門を通り
荷車引きが入ろうとする。
オルクニーズの門を通り
浮浪者が出ようとする。

すると街の見張り番たち
浮浪者に飛びかかりこう言った。
「街から何を持ち出すのだ」
「あっしの心はまるごと置いて行きますよ」

それから街の見張り番たち
荷車引きに飛びかかりこう言った。
「街へ何を持ち込むのだ」
「結婚するためのあっしの心でさ」

オルクニーズは心でいっぱい！
見張り番たちは笑った、笑った。
浮浪者よ 道は灰色だ、
恋で酔い心地だ、ああ荷車引きよ。

男前の街の見張り番たち
盛んに足をばたつかせていた。
それから、街の門は
ゆっくりと閉じた。

Montparnasse
Guillaume Apollinaire

Ô porte de l'hôtel avec deux plantes vertes
Vertes qui jamais
Ne porteront de fleurs
Où sont mes fruits Où me planté-je
Ô porte de l'hôtel un ange est devant toi
Distribuant des prospectus
On n'a jamais si bien défendu la vertu
Donnez-moi pour toujours une chambre à la semaine
Ange barbu vous êtes en réalité
Un poète lyrique d'Allemagne
Qui voulez connaître Paris
Vous connaissez de son pavé
Ces raies sur lesquelles il ne faut pas que l'on marche
    Et vous rêvez
D'aller passer votre Dimanche à Garches

Il fait un peu lourd et vos cheveux sont longs
Ô bon petit poète un peu bête et trop blond
Vos yeux ressemblent tant à ces deux grands ballons
Qui s'en vont dans l'air pur
À l'aventure

モンパルナス
ギヨーム・アポリネール

ああ　二本の植木のあるホテルの扉よ
その植木は決して
花をつけないだろう
僕の果実はどこに　僕はどこに植わればよい
ああ　ホテルの扉よ　天使が君の前にいて
チラシを配っている
かつてこれほど美徳が守られたことはなかった
僕に永久に週貸しの部屋をください
髭を生やした天使よ　あなたは実は
ドイツの抒情詩人で
パリに行きたがっている
あなたはパリの石畳のことを知っている
上を歩いてはいけないその石畳の線のことも
    そしてあなたは夢見る
あなたの日曜をガルシュで過ごすことを

天気は少し鬱陶しくあなたの髪は長い
ああ　親切な小さい詩人よ　ちょっと愚かであまりに金髪
あなたの目はあの2つの大きな風船にそっくりだ
澄んだ空気の中を
あてどなく飛び出してゆく風船に

CD 32 · 33

Pablo Picasso
　　　　　　　　　　Paul Éluard

パブロ・ピカソ
　　　　　　　　　　ポール・エリュアール

Entoure ce citron de blanc d'œuf informe
Enrobe ce blanc d'œuf d'un azur souple et fin
La ligne droite et noire a beau venir de toi
L'aube est derrière ton tableau

このレモンを不定型の卵白で囲め
この卵白をしなやかで上質な蒼色で包め
黒い直線が君からやって来ても
夜明けは君の絵の後ろに

Et des murs innombrables croulent
Derrière ton tableau et toi l'œil fixe
Comme un aveugle comme un fou
Tu dresses une haute épée dans le vide

そして無数の壁は倒れる
君の絵の後ろで すると君はうつろな眼差しで
盲者のように狂者のように
虚空に高い剣をそびえ立たせる

Une main pourquoi pas une seconde main
Et pourquoi pas la bouche nue comme une plume
Pourquoi pas un sourire et pourquoi pas des larmes
Tout au bord de la toile où jouent les petits clous

1つ目の手がなぜ2つ目の手であってはならないのか
そして紅のない唇がなぜ羽のようであってはならないのか
なぜ微笑みであっては そして涙であっては
小さな釘が戯れる画布の縁では

Voici le jour d'autrui laisse aux ombres leur chance
Et d'un seul mouvement des paupières renonce

他人の日が彼らの好運に影を投げるが
たった1つのまばたきで諦めてしまう

歌詞対訳

CD 34・35

« C »
                               Louis Aragon

「C」
                               ルイ・アラゴン

J'ai traversé les ponts de Cé
C'est là que tout a commencé

僕はセの橋を渡った
そこがすべての始まりだった

Une chanson des temps passés
Parle d'un chevalier blessé

過去の時代の唄が語るのは
傷ついた騎士

D'une rose sur la chaussée
Et d'un corsage délacé

堤防の上の一輪のバラ
紐解かれたコルサージュ

Du château d'un duc insensé
Et des cygnes dans les fossés

狂った君主の城
堀の白鳥たち

De la prairie où vient danser
Une éternelle fiancée

永遠のフィアンセが
踊りにやってくる草原

Et j'ai bu comme un lait glacé
Le long lai des gloires faussées

そして僕は飲んだ　冷たいミルクのように
歪められた栄光の長い物語詩を

La Loire emporte mes pensées
Avec les voitures versées

ロワール川は僕の思考を運び去る
横転した自動車もろとも

Et les armes désamorcées
Et les larmes mal effacées

そして弾丸が抜かれた武器と
ぬぐい切れない涙

Ô ma France ô ma délaissée
J'ai traversé les ponts de Cé

ああわがフランス ああ見捨てられたものよ
僕はセの橋を渡った

Les Chemins de l'amour / 愛への小径

Jean Anouilh / ジャン・アヌイ

Les chemins qui vont à la mer	海まで続く小径は
Ont gardé de notre passage	私たちの歩みをとどめている
Des fleurs effeuillées	摘んだ花々
Et l'écho sous leurs arbres	木々の下にこだまする
De nos deux rires clairs.	私たち二人の明るい笑い声。
Hélas ! des jours de bonheur	ああ! 幸福だった日々よ、
Radieuses joies envolées,	飛び去った晴れやかな喜びよ、
Je vais sans retrouver traces	私は行く、心の中には
Dans mon cœur.	その名残も見出せないまま。
Chemins de mon amour,	わが愛へと至る小径よ、
Je vous cherche toujours,	私はいつもお前たちを探している、
Chemins perdus, vous n'êtes plus	失われた小径、お前たちはもういない
Et vos échos sont sourds.	お前たちのこだまも響かない。
Chemins du désespoir,	絶望に至る小径、
Chemins du souvenir,	思い出に至る小径、
Chemins du premier jour,	初めての日に至る小径、
Divins chemins d'amour.	崇高な愛へと至る小径。
Si je dois l'oublier un jour,	すべてをかき消してしまうような人生を
La vie effaçant toute chose,	いつかは忘れなくてはならないのなら、
Je veux dans mon cœur qu'un souvenir	私は望む、私の心に思い出が
Repose plus fort que l'autre amour.	他の愛よりもしっかりと宿ることを。
Le souvenir du chemin,	あの小径の思い出が、
Où tremblante et toute éperdue,	震えながら動揺する私の手に重ねられたあなたの手が
Un jour j'ai senti sur moi brûler tes mains.	熱く燃えるのを感じた日の小径の思い出が。
Chemins de mon amour,	わが愛へと至る小径よ、
Je vous cherche toujours,	私はいつもお前たちを探している、
Chemins perdus, vous n'êtes plus	失われた小径、お前たちはもういない
Et vos échos sont sourds.	お前たちのこだまも響かない。
Chemins du désespoir,	絶望に至る小径、
Chemins du souvenir,	思い出に至る小径、
Chemins du premier jour,	初めての日に至る小径、
Divins chemins d'amour.	崇高な愛へと至る小径。

東京藝術大学出版会の刊行物から

東京藝術大学出版会の刊行物は、amazon.co.jp、藝大アートプラザ及び地方・小出版流通センターで取り扱いしております。

◆ DVD

DVD　新曲『浦島』
東京藝術大学音楽学部・演奏藝術センター［制作］
坂東三津五郎が逍遙役で出演するなど人気を博した話題の公演を完全収録した本DVD。坪内逍遙が日本の古典『浦島太郎』を題材に書いた日本初の和洋折衷楽劇の台本『新曲浦島』は舞台化が困難でしたが、本学音楽学部邦楽科が、世界初となる公演を行い、大変な話題となりました。
本体5,800円＋税　メディア　DVD 1枚　本編190分　解説リーフレット封入（24頁）

DVD　邦楽で綴る『平家の物語』前編
東京藝術大学音楽学部・演奏藝術センター［制作］
「平家物語」をテーマとして、本学奏楽堂において公演された「邦楽で綴る『平家の物語』前編」の公演の模様を完全収録した藝大出版会第4弾DVD「邦楽で綴る『平家の物語』前編」。藝大版「平家物語」の世界をぜひお楽しみください。
本体2,800円＋税　メディア　DVD 1枚　本編200分

DVD　邦楽で綴る『平家の物語』後編
東京藝術大学音楽学部・演奏藝術センター［制作］
本DVDには「和楽の美」シリーズのうち、2年がかりで公演された「邦楽で綴る『平家の物語』」の後編を収録しています。邦楽の古典と現代、そして日本の伝統芸能の現在におけるあり方を追求した「和楽の美」シリーズ、「邦楽で綴る『平家の物語』」の完結編です。
本体2,800円＋税　メディア　DVD 1枚　本編142分

◆ CD

CD　ホルベルク組曲〜マリンバアンサンブル・クイント
マリンバアンサンブル・クイント［演奏］
東京藝術大学出版会初のCD。もともと弦楽合奏のために書かれたグリーグの作品とJ.S.バッハのオルガン作品が、5台のマリンバによるアンサンブルによって新たなサウンドを奏でます。
千住キャンパス内の最先端スタジオを用いて、高音質サラウンド録音された音色の妙を、ぜひお楽しみください。
本体1,800円＋税　メディア　CD 1枚　計37分43秒

CD　東京藝大チェンバーオーケストラ
ヨハネス・マイスル［指揮］　東京藝大チェンバーオーケストラ［演奏］
東京藝術大学出版会からのCD第2弾は、千住キャンパスのスタジオでおこなわれたヨハネス・マイスル指揮／東京藝大チェンバーオーケストラの演奏です。通常のCDと高音質ディスク（SACD）によるサラウンド＊の両方が収録されています。（＊SACDは専用の再生機が必要です。）
本体2,100円＋税　メディア　CD 1枚　計75分47秒

◆ 楽譜

楽譜　チャイコフスキー『弦楽のためのセレナーデ』ピアノ独奏版
角野裕［編曲］
東京藝術大学出版会が発行する初の楽譜。この楽譜は、チャイコフスキーの「弦楽のためのセレナーデ」

作品 48 を、ピアノ独奏用に編曲したもの。弦楽パートの多彩な連携による表情豊かな名作を、本学器楽科（ピアノ）の角野裕教授が、1 台のピアノの独奏用に編曲しました。
本体 2,000 円＋税　　判型：A4 変形　　頁数：45 頁

楽譜　ジングシュピール「デュオニュゾス」
佐藤眞［作曲］　中嶋敬彦［台本］
この版は、創作ジングシュピール (付曲しない台詞部分の多いオペラ) 台本と、その作曲部分（序曲等、器楽合奏と歌）の楽譜を合冊としたもの。日本語版、ドイツ語版と 2 つあるものを今回混交しました。台本の意図を汲み取り、作曲家の佐藤眞が、現代作曲技法の限りを尽くして曲作りをしました。
本体 2,000 円＋税　　判型：A4 変形　　頁数：107 頁

楽譜　山田流箏曲　山田検校作曲「四ツ物全集」
萩岡松韻［著］
山田流箏曲の流祖にあたる山田斗養一検校（1757 ～ 1817）が作曲した奥歌曲「四つ物」の CD 付き楽譜全集。箏、三弦の並列譜とし、曲解説、歌詞通釈に加えて実際の演奏を収録した CD を付属しています。CD 付き楽譜は、邦楽界及び山田流箏曲界ではまだ見られない新しい試みです。
本体 5,000 円＋税　　判型：A4 判　　頁数：164 頁（4 分冊合計）＋ CD 2 枚組

◆書籍
サラウンド入門
沢口真生、中原雅考、亀川徹［著］
本書は、映画、DVD、デジタル放送などにおける新しい音響フォーマットとして採用されている「サラウンド制作」について書かれた実践的な解説書。基礎的な理論から実際の制作現場で役に立つ実践的な例まで、幅広い内容を平易にまとめています。
本体 1,500 円＋税　　判型：B5 判　　頁数：240 頁

伝統のイタリア語発音
小瀬村幸子、ルイージ・チェラントラ［著］
本書は、オペラ・歌曲を歌うためのイタリア語発音を身につけていただくことを願って作成された、CD2 枚付のテキストです。イタリア語の韻文の伝統に則った発音を基本に、日本語との比較も交えながら、CD による反復練習で、イタリア語の発音を練習できるように考えられています。
本体 2,200 円＋税　　判型：A5 判　　CD2 枚付　頁数：84 頁

音響技術史〜音の記録の歴史〜
森芳久、君塚雅憲、亀川徹［著］
音を記録するという事は、古代から人類の夢でした。本書はこの夢を実現した人々の歴史をたどります。エジソンの蓄音機から CD、そして最新の SACD やデジタル・オーディオ・プレーヤーの誕生まで、様々なエピソードを交えて当時の最先端技術の誕生の過程をまとめています。
本体 1,800 円＋税　　判型：B5 判　　頁数：200 頁（＋折り込み B4 サイズ 4 頁分）

ピアニスト小倉末子と東京音楽学校
津上智実、橋本久美子、大角欣矢［著］
大正と昭和戦前期の東京音楽学校教授・小倉末子は日本初の国際級のピアニストでした。小倉の東京音楽学校入学から百年目に書かれた本書は、小倉の足跡を丹念に追い、東京音楽学校史から小倉を捉えることで小倉像を複眼的に照射します。洋楽史研究に欠かせない一冊です。
本体 2,900 円＋税　　判型：B5 判　　頁数：144 頁

"Chanson d'Orkenise" (No.1 from *Banalités*)
Music by Francis Poulenc, Text by Guillaume Apollinaire
Copyright © 1941 Éditions Max Eschig — Paris
Reproduced by kind permission of MGB Hal Leonard s.r.l.

"Montparnasse"
Music by Francis Poulenc, Text by Guillaume Apollinaire
Copyright © 1945 Éditions Max Eschig — Paris
Reproduced by kind permission of MGB Hal Leonard s.r.l.

"Pablo Picasso" (No.1 from *Le Travail du peintre*)
Music by Francis Poulenc, Text by Paul Éluard
Copyright © 1957 Éditions Max Eschig — Paris
Reproduced by kind permission of MGB Hal Leonard s.r.l.

"C." (No.1 from *Deux Poèmes de Louis Aragon*)
Music by Francis Poulenc, Text by Louis Aragon
Copyright © 1944 Rouart-Lerolle et Cie / Éditions Salabert — Paris
Reproduced by kind permission of MGB Hal Leonard s.r.l.

"Les Chemins de l'amour"
Music by Francis Poulenc, Text by Jean Anouilh
Copyright © 1945 Éditions Max Eschig — Paris
Reproduced by kind permission of MGB Hal Leonard s.r.l.

書　名：フランスの詩と歌の愉しみ　近代詩と音楽
発行日：平成24年9月24日　　第一刷発行
　　　　令和3年3月1日　　　第三刷発行
著　者：大森晋輔
発　行：東京藝術大学出版会
連絡先：〒110-8714　東京都台東区上野公園12-8
　　　　TEL：050-5525-2026　FAX：03-5685-7760
　　　　URL：http://www.geidai.ac.jp/

印刷製本：株式会社コームラ
©2012 TOKYO GEIDAI PRESS
ISBN978-4-904049-33-4　C3073

定価はカバーに表示してあります。　　　乱丁・落丁本はお取り替えいたします。
　　　　　　　　　　　　　　　　　　　本書の無断転載を禁じます。